有水的地方

张克社◎著

南方出版社·海口

图书在版编目（CIP）数据

有水的地方 / 张克社著 . -- 海口 : 南方出版社，
2023.1
　　ISBN 978-7-5501-7898-4

　　Ⅰ . ①有… Ⅱ . ①张… Ⅲ . ①诗集—中国—当代
Ⅳ . ①I227

中国版本图书馆 CIP 数据核字 (2022) 第 206454 号

有水的地方
YOUSHUI DE DIFANG

张克社　著

责任编辑： 韩光军
出版发行： 南方出版社
邮编编码： 570208
社　　址：海南省海口市和平大道 70 号
电　　话：（0898）66160822
传　　真：（0898）66160830
印　　刷：成都市兴雅致印务有限责任公司
开　　本：880mm×1230mm　1/32
印　　张：8.75
字　　数：226 千字
版　　次：2023 年 1 月第 1 版
印　　次：2023 年 1 月第 1 次印刷
书　　号：ISBN 978-7-5501-7898-4
定　　价：75.00 元

序

古今中外的诗人，对诗境的追求，无不穷尽其一生的才思与情感。

无数评诗的文论散句，也无不重复：凡精妙诗词，均以境界为上。

有说，境界有"有我之境""无我之境"之分；亦有说，境界有"物境""情境""意境"之说。总之，经典的诗词，一定有着极高的境界。

王国维在《清真先生遗事》中有一段关于诗人的议论："山谷云：'天下清景，不择贤愚而与之，然特疑端为我辈设。'诚哉是言，抑岂独清景而已？一切境界，无不为诗人设。世无诗人，即无此种境界。夫境界之呈于吾心而见于外物者，皆须臾之物，惟诗人能以此须臾之物，镌诸不朽之文字，是读者自得之。遂觉诗人之言，字字为我心中所欲言，而又非我之所能自言，此大诗人之秘妙也。"

诗人张克社作诗，熟于此道，精于此道，他的许多佳作，处处言所之感，句句言所心声，字字言所情真。

张克社是个现代诗人，几十年耕耘，其佳作频频，当然主要是现代新诗。《有水的地方》就是他创作的一部有着较高的诗境，散发着浓郁芳香的新诗集。

新诗也好，古诗也罢，均以诗境为高，这是无可厚非的定论。

"境界有二：有诗人之境界，有常人之境界。"诗人之境界，惟诗人能感之而写之。如张克社的《最后的枯叶》"太阳升起来／你在温暖中向枝头告别／新芽快要吐出了／你把枝头让出来"……太阳、枯枝、新芽，这些人们司空见惯的自然景象，很少有人去关注它，更不用说去观察它，去与它对话，去发现它的存在与生命告别之时的崇高精神。张克社却饱蘸情感，刻下洋洋洒洒的诗行，抒发他对生命的新陈代谢，对生命的过往，以及生命告别而让出生存空间的内心感悟，尤其一个"让"字，道出了诗人追索的崇高诗境。这是诗人之情，也是诗人之言。

我认识张克社时，他还是个少年。那时，我插队在他的村庄，住得离他家很近，他时常会跑来找我借书看。那是个物资与精神匮乏的时代，书籍自然也是稀缺之物。当然，那时候能借给他的也只能是小说而已，依稀记得有一部是法国作家埃克多·马洛的长篇小说《苦儿流浪记》。后来，我参军入伍，从大西北辗转到大西南，再后来我转业回到我的家乡南京。一次与老友沈乃璞相遇，知道了张克社已经是一位颇有名气的诗人。过了不久，张克社来到南京相聚，把他新出版的文集《淡淡的茶香》送给了我。

文友相遇、相识、相知无须理由，文友请我写序，也是天经地义之事。今天，读到他的新诗选《有水的地方》，自然就会想起那个村庄，自然就会想起许多往事与老友，感慨不在话下。

纵观张克社的新诗选《有水的地方》，不仅让我想起那一片曾经养育过我的土地，感慨一个当年的少年成长为一位较为成熟的诗人，更让我对这部诗选集里的内容与艺术境界有着一种特殊的解读。

"老井还是沉默不语，井水／倒映着天空／一只打水的桶将天空打碎／纠结后，又收回了天空／老井边那棵老树／它和善，饱经风霜／它不言不语／像一尊打坐的佛"（《潘大庄》），读到此处，一切历历在目。诗人田园牧歌式的咏唱，散发着淡淡的乡愁，充溢着他对家乡的一往情深的眷恋，把我带进了那个时代，带进了一个让人怀想的诗的境界。

诗歌艺术的境界，既使心灵和自然净化，又使心灵与自然深化，更使诗人在超脱的胸襟里，体味到自然的味道与深境。

"我坐在水边，一个人／像一块石头／像一万年／我或许在等待／我或许在告别／水上，飞过一只鸟／它的飞翔和我的目光重叠……"（《有水的地方》）。短短的诗句，把时间拉得很长，把空间拓得很宽，诗人与自然贴得很近也很远。这诗的意境很有张力，令人畅思。

诗歌艺术的意境有它的高度、阔度与深度。

换言之，好的诗歌都具备这个"三度"；而这些诗作在表达上，都浸透着各个诗人的生命历程与他们张扬的个性。

如杜甫诗的高、阔、深，俱不可及。正如《石林诗话》里所说："禅家有三种，老杜诗亦然。"太白诗的高、阔、深，在情调上偏向于宇宙境象的高、阔、深。王维的高、阔、深，根植于他与自然的静远空灵的高度契合。与这些光耀史册的大诗人相提，张克社只是个现代社会的小诗人，但，诗歌就是诗歌，只要写出精妙的诗歌，而这诗里也充满着高、阔、深的要素，那就是好诗，那就是一个好诗人。

"我常常梦到小巷／就像一条小河梦到海洋／我常常想回到小巷／就像一片落叶想回到根上"（《一条小巷》）。淡淡的乡愁与深深的眷念交织着，营造出动人的诗意与诗境。

宗白华曾经与郭沫若通信时说："你说'我们心中不可没有诗意诗境，但却不必定要做诗'"。这两人在中国，一个是文学泰斗，一个是哲学泰斗，他们都喊出了虽然人们心中都有诗意、诗境，但不一定非要去作诗。可是，他们都作了许多诗，而且作了许多好诗和传世的诗。为何？因为诗不是作出来的，诗，是从诗人的生命历程与对于社会自然感受感悟的河流中，一朵一朵艰难地生长出来的。

诗歌是生活的结晶，是生命的血滴。

对于诗歌究竟是什么？难究真谛。至少可以这样理解：不同的时代，不同的人群，不同的信仰，不同的人的境遇，以及不同的人的追求与目标，有着不同的理解与象征。比如，对于悲愤的人，诗歌是他的仇恨与怒吼；对于幸福的人，诗歌是他的花朵与美酒；对于革命者，诗歌是他的匕首与投枪；对于生活安逸的人，诗歌是他的风花雪月；对于战斗的士兵，诗歌是他的炮火与刺刀；对于一个热爱土地，热爱家乡，热爱河流、田野、村庄、小巷的诗人，诗歌是他的生活，是他的情感与深深的眷恋。张克社正是这样一位根植于洪泽湖畔、淮河岸边，喝着家乡的水，吃着家乡粮，经着家乡的风成长起来的现代诗人。

张克社的许多诗歌，都浸透着家乡的泥土味、河水味、青禾味、生活味、人情味。我们看到诗人徜徉在家乡的土地上，春光灿烂时，他赞美播种与希望；夏雨肆虐时，他惆怅洪水过后的日子；秋谷满仓时，他欢笑着像个孩童；冬雪飞舞时，他与许多江北汉子一样围着火炉喝得酣畅淋漓。他爱红日爱月光，爱湖泊爱河流，爱土地爱庄稼，爱田野的风，爱村庄发展中的变迁，以及爱变迁中的人们千万心灵苦乐哀愁，以及热情真诚与无私……他是一个诗人，是一个深深爱着生活在这一片有水的土地上的生灵的诗人。

无论古诗还是新诗，从诗歌的内容上大致可分两个部分，即"形"与"质"。诗的定义有许多，至少有三个元素：一是美的文字，二是有音乐的节奏，三是画面感。三位一体表达出诗人情绪中的意境，这可以说是诗的形态。诗的"质"，是诗人情感与思想的表达，可谓诗言志、诗言情、诗言思。因此，我们说诗有形与质的两面，而诗人也有人与艺的两面。宗白华曾说："新诗的创作，是用自然的形式，自然的节音，自然的画面，表达天真的诗意与天真的诗境。"

诗人张克社在诗歌的形与质的创作上进行了多年的探索与实践，他不断地学习研析，根植于生活与生命的感悟之中，写出了许多有思想深度，有情感触动，有艺术格调，有人性光芒的佳作。

古人云："文若其人，诗若其人。"

从张克社的诗歌中，我们看到了他的诗人的底蕴与气质，诗人的修养与本真，诗人的情感与情趣，诗人的气度与胸襟。他对文学传统的追索，对文学发展的追随，对文学修养的守望，对文学创造力的自负，对自然的优美与壮美的抒怀，对生命珍贵与生命价值的讴歌，以及审美与展望的表达。

他是一个有着浓郁文人情怀的诗人，是一个热爱生活、热爱自然、热爱生命、热爱梦想、热爱有水的地方的真正的诗人。

诗人是以诗作说话的，拉拉杂杂说了一通，算作个人感想，亦代为序。

柯　江
2021年8月18日于秦淮河畔

目
C O N T E N T S 录

1

第二辑 河流

第四辑　生命

第一辑 村落

有水的地方

我猜想，所有的生命都与水有关
女人与水有关
爱与水有关
岸边，走在水边的人围着水转了一圈
又转了一圈

我坐在水边，一个人
像一块石头
像一万年
我或许在等待
我或许在告别

水上，飞过一只鸟
它的飞翔和我的目光重叠

一阵风吹过来
鸟在风中向后退了退
风吹过我
像吹过一截木头
一截木头
一截干裂的却想吐出新芽的木头

在水边
被水滋润着

2017 年 4 月 29 日

渡　口

坐在河边
看着船
身后的路已荒废
让一些杂草占领
他用摇了一辈子橹的手抽烟
袅袅不断

没有人让他渡到对岸了
对岸也没有人喊他过河
一座横跨的桥
老旧了的渡口
一只水鸟停在船上
是船上唯一的渡者

2016 年 6 月 11 日

丘　陵

起伏，坡上或者坡下
所有的事物都在隐忍
祈祷
草木低垂
用它们沙哑的语言
迎接祈雨的人群

雨会在某个时刻到来
槐花掩映下的村庄
在坡的另一边
飘出炊烟

我站在坡上
看身后的岁月在坡底蜿蜒

2020 年 7 月 2 日

水草和小鱼

苏北不是你想象的那样
苏北也有水
不似江南那样婉约
苏北的水豪放，像条敞开胸怀奔走的汉子

苏北有许多河流
它们流过平原却绕过丘陵

在丘陵
在丘陵低洼处
有一些水草干死在没有水的季节
也有一些水草枯萎在有水的季节
也有一些水草会返青
返青的水草间会有许多小鱼
那些小鱼
各色各样的
许多你都叫不出名字来

2017 年 1 月 23 日

前窑小镇

这是瓦碴子铺成路的小镇
这是瓦碴子堆起院子的小镇
这里的茅房墙壁是瓦碴子
这里的泥土也埋着瓦碴子
这是一个由瓦碴子堆砌起来的小镇

窑早已废了
这里只有窑的名字
只有瓦碴子
怀抱一条河的瓦碴子
怀抱一片芦苇
一把二胡
一河朗照的月光
穿越
千年的诗
还有一双写诗的手
在日子里翻检疼痛的关节

九月，前窑的丘陵凋零绿色
种下思考
种下迟疑后的觉醒
那一刻

我真想是你拉起的弓
是你的弦
是你的山核桃
是你的红心山芋
是你加速的心跳
是你刚刚吐出的梦
在梦中
是你黑夜间一只小小的萤火虫

2016 年 10 月 6 日

曹　庄

向悬挂在矮小枝梢上的面孔
我致敬
向我遗失的磨破了我双脚的道路
向干枯的，不会笑的乔木
向蚁群一样高高举起温饱的乡亲
我致敬
我致敬
奔走的人群
将艰辛刻在风中
将爱扎根在广袤的土地

丘陵起伏
像谁在不经意间丢失的画笔
我站在画笔的空白处
让渴望风一样吹打着我
迅疾，猛烈
让我在这风中
在脚手架上
用我的力量迎风托起庄稼
遍野的果林

我致敬，曹庄

养育我的故乡

我把所有的梦想都镶嵌在你的泥土上

一步一步走向小康

2016 年 11 月 30 日

乡村的春天

弯弯的小路连接着每一个村庄
路边每一朵绽开的花都是我久别的亲人
我熟悉它们
它们散发出的是母乳的清香

走在小路上的人遇到我都热情地叫着我的乳名
他们灿烂的笑容让我仿佛回到童年熟睡在母亲的臂弯
我看到那片桃花掩映下的有些陌生的小岗坡
我记得我曾赤足奔跑在它杂乱的草丛中追逐蝴蝶和蚱蜢

2020 年 8 月 30 日

潘大庄

路铺上了水泥，村庄
打扮得像个将要出嫁的新娘
徽式建筑一亮相
就有了另一番味道

村前望不到边的桃树正在绽放桃花
画一样
簇拥着村庄的梦想
老井还是沉默不语，井水
倒映着天空
一只打水的桶将天空打碎
纠结后，又收回了天空

老井边那棵老树
它和善，饱经风霜
它不言不语
像一尊打坐的佛

2018 年 4 月 2 日

前窑的月光

和祖国任何一个角落一样
月光也照在前窑
一个冬天
月光在每一扇窗口窥视
在每一棵落光叶子的树上抒情
风伴着它
呼呼吹过百万年
吹过早年的峰山，和
前窑街的牌坊
和时光一起逝去的牌坊
和时光一起逝去的窑
火龙一样游弋的窑
游弋在时光中
化为月光
化为月光下的瓦碴
和一条条老旧的街道
和街道上一只游动的旱船
和划着旱船的女子
和她牵着一群半大的孩子
走向月光最温柔的地方

我站在那个最温柔的地方

13

像一根没有长大的芦苇
听一个拉着二胡的男人
拉哭了窑河水上的月光

2017 年 4 月 15 日

小　村

每一株枯草都那样安详
它们享受阳光
风吹得很轻
鸡群自由散步
这景象配得上这个古老的村落
配得上这处用茅草修缮的院子

我见到的村妇秋色迷人
她的笑让阳光灿烂
让我在这阳光的灿烂中
想起故乡

2017 年 11 月 28 日

村　妇

她的头上顶着毛巾
就像她身后的土墙上披挂的蓑草
她的小院敞开着
摆放着我们似曾相识的农具
她笑着，像土地一样原始的笑
带我们走过沧桑
走过冰封后的春天
成长的麦苗
金黄的麦穗
和那只被风吹弯腰肢的麦田里
冲天而歌的云雀

现在
收获后的田野在她的眼睛里
沉寂着一种空洞
一种相思
那相思就像她矮小的屋顶上的炊烟
牵挂着
久久不愿离去

2018 年 5 月 15 日

当年的那条街

那条街在老人的记忆里住下

醒来的早晨
阳光照在二层小木楼上
青条石板上的小脚
像是谁丢下的鹅卵石
不停滚动

叫卖声一声高过一声
爬满墙壁
爬满树木
一只麻雀站在墙头
它沐浴着阳光，不动

老人打开窗
街道早在拆迁中走失
街后的那条河还像以前一样
哼着早年的小调
带着早晨的时光
缓缓向远方流去

2017 年 1 月 16 日

第一辑　村落

老　树

仿佛昨天还年轻，枝繁叶茂
转眼间就老了
我看见它原本粗实的树干
一点一点空洞下去

夕阳中的老树
依然飞回一群鸟
远走他乡的人不再回来了
只留下它空空地守望

它还是和乡间的事物做伴
还在盼望暮归的牛和羊
那样的场景早已是它久远的记忆了
就像它对每一片新叶的想象

一切都在悄然发生
废弃的老井还依偎在它身旁
它们恰好可以谈论一些往事
一个宁静的村庄和几声狗叫

2017 年 6 月 13 日

小　站

小站已经废弃
像一块伤疤镌刻在记忆深处
你的背影飘过来
就像那件悬挂在阳台上的连衣裙
你的笑还像从前一样
绽开在我的岁月，一年一度

我记得送你时小站那盏昏暗的灯火
它把我带进走不出来的梦境
你给我画的画
你擦去我额头上汗水时的娇嗔
你假装生气的样子
你告别时看着我的眼神

我站在小站的废墟上
楼群有些陌生
只有一朵云缓缓飘向我
越飘越近，越飘越近

2018 年 8 月 11 日

老街道

1

那顶飘动在街上的帽子
让整条街亮了一下
所有的目光一下子包裹住帽子下的背影
像一条扭动腰身的蛇

吹了一夜的风还在吹着
细细的柳丝
一遍一遍从头来过

那个女人抚了抚帽子
整条街又亮了一下
她的美丽的脸庞被薄薄的纱巾遮着
像一朵薄薄的云遮着朦胧的月

有人想起她
像一阵风吹过岸边的芦苇
飘过来半条街的苇絮

2

那个修鞋的鞋匠忘记了手中的鞋
他半张着嘴
他想起了一些往事

阳光一点一点走过他的鞋摊
他半张着嘴
他想起那个带走他孙子的女人

一阵烧烤味窜过来
像一只老狗
伸出舌头舔着他有些麻木的思维

3

那株桂花树香了一条街道
背有些驼的老妪想起远走他乡的人
那个时候，她年轻得像一棵飘满花香的树

宁静的街道摇曳着几盏灯影
晃动的梢头
有一只找不到窝的鸟儿从这一枝飞到那一枝
有些凉的风吹进来
那只小鸟飞进了桂花香里

4

一条青石小巷在水泥下做梦
一串串脚印
像围墙上一块块斑驳的旧影

那把油纸伞再也无法打开
在街道尽头
一个废旧的站台已经荒芜

一只飞来的柳莺
一只飞走的鹦鹉
一个背着书包吃着冰激淋走在小巷的孩子

2020 年 11 月 15 日

老院子

老屋的确老了
有些摇摇晃晃的样子
院子也老了
它搀扶着老屋
让树一点一点长高

树在院子里
长了叶又落了叶
一片一片
落在院子里

那些跑在落叶上的鸡消失了
那些打扫落叶的人消失了
落叶越堆越厚了
像一堆记忆
黄了，枯了，黑了，腐烂了……

阳光还像以往一样照过来
还像以往一样温暖
院子颤颤巍巍站起来
仿佛想把我抱在它的怀里

2016 年 11 月 12 日

老茶馆

慢下来的时光，躲藏在

远郊

茶馆里的人都老了

像茶馆本身长满了黑黑的老年斑

墙壁上悬挂的笑很灿烂

那是茶馆里唯一的光源

幸福在老旧的泥土砌成的土灶上燃烧

在老旧的茶壶上沸腾

久远的茶香

像当年人们年轻的笑声

一浪一浪打过来

打湿了茶馆里每一个人

他们把左肩肩胛骨裸露出来

他们把沾有汗渍的衣服担在右肩上

他们露出黑色的牙齿

他们谈笑着

像一条条畅游在过去时光里的鱼

2017 年 4 月 18 日

一条小巷

1

走着走着就到了尽头

一条小巷
就那么长，一不小心就走到了头

它多像你在我身边的日子
它多像你的笑容
它多像一个夜晚天上的星星

回到小巷
我会遇到许多我熟悉的人
有人会告诉我你曾回来过
有人会告诉我
你回来时就像我打听你一样打听我
现在小巷拆迁了
我再也听不到你的消息

2

菜市场上
我听到有人叫我的乳名
叫我乳名的人是和我一起在小巷长大的人
他放下手中炸好的油条
他说真的是你
他说他也搬到城里了
他说你还像以前一样，没变
他说小巷拆迁了，拆迁之前有一个人走了
他说送他那天，整条巷子里都摆满了车
我想起他说的那个人
他是早年这个大队的大队书记

3

我常常梦到小巷
就像一条小河梦到海洋
我常常想回到小巷
就像一片落叶想回到根上

2018 年 2 月 7 日

犁

锈在岁月废弃的墙角
给蛛网讲故事
热心的虫子听成标本
飞进渐渐远去的农耕年代里
犁开泥土的歌声还在耳边
那头牛已经老去
还有那双扶犁的手
再也举不动挂在肩上的鞭子
我的外祖父，一个与犁打了一辈子交道的人
他和犁一起
成了我们缅怀的过去
他被安葬在他犁过的土地下
偶尔也会在我的梦中
他好奇地逗留在新建的楼房前
像 一阵阵迟迟疑疑的风吹过来又吹过去

2016 年 11 月 4 日

皂角老树

那棵树就在我身后
我故乡的方向
它站在村口送我
看我走向远方

我不曾转身向它挥手告别
我不曾停下脚步，听它
不太稠密的叶子发出最后的声响
我走了，只给它留下一个青春的背影
我走了，像一只出窝的雏鸟
不停扇动着翅膀飞向远方

离开那棵树，那棵树总会出现在我的梦中
它还像我离开它时的样子在村口站立
风吹过它的叶子一阵喧哗，然后凋零
一片一片凋零，只剩下孤零零的枝丫

我总会从梦中惊醒在夜深人静的时刻
我总会听到一首小调从遥远的地方传来
那时我会想起皂角树我会泪眼婆娑
那时我会来到窗前看花草在月下熟睡的模样

2018 年 8 月 11 日

老榆树

每一片叶子都在讲述它的历史
六百年，仿佛昨天的样子
每一片叶子都曾经凋零
它们在风中翻滚，像一段段没有讲完的往事
这片土地上
我看到的，它们都看到过
它们看到的，我好像在梦中也看到过

　　　　　　　　　　2021 年 10 月 5 日

故乡的味儿

阳光就照在那儿
无声的，温暖的
许多温暖都是无声的
落尽了叶子的树在阳光下
安静得像一个个在母体中的婴儿
它们呼吸
我听得到它们心中涌出的狂野
那些远去的鸟儿最懂得它们

世界在这瞬间融化在记忆里
老去的人
不再回来的人
他们，把一间间小屋空下来
装满时光
让故乡的味儿
风一样吹在流浪他乡的人身上

2019 年 12 月 19 日

踏　青

1

没有预设目标的旅行
流水一样
就着岁月的坡度
流

2

麦苗绿透了思念
蛰伏苏醒
每一朵云都年轻得像似当初的样子
鹅黄的柳枝比云朵更年轻

3

芦苇
裹着冬天铠甲的芦苇
经不住两只鸳鸯的诱惑
释放出铠甲下酝酿已久的热情

4

停靠在岸边的小舟放下心思
享受每一寸阳光带给它的幸福
水草守在它周围
看远方的水波摇晃着春色

5

湿地安静
追忆前世今生
一群大雁从空中飞过
风在芦苇间仰视

6

花开如歌
一串串来自心灵的音符铺天盖地
我们在阳光下行走
像奔跑的花朵

2021 年 3 月 15 日

麦子熟了

麦子熟了
我坐在行驶的车上
看麦子在田野奔跑
镰刀和汗水
草帽
弯下腰收割麦子的女人
一晃闪了过去

相思和丰收
在每一颗星星间闪烁
大地上
一年一度播种下希望
有人在城市迷失
有人在夜深人静时渴望听到狗叫
有人错把灯火当成月光
有人在梦里闻到了麦香

2017 年 5 月 29 日

云朵和水

飘动的云朵和流去的水
它们与我做伴
它们教会我遵循自己内心的声音
我曾经把一群羊比喻成云朵
后来我发现我错了
云朵飘逸四处流浪
而羊群，是我赖以生存的兄弟
我曾经把自己想象成一缕炊烟
后来我发现我错了
我只能是一把柴火
炊烟永远是我的想象
我想，我还是把自己想象成水吧
最终我还是错了
水流向远方
我只能将灵魂安放在我的故土

2019 年 12 月 28 日

一条消失在岁月里的小水沟

一片蓝天，蓝到久远
晃动在风中的枝头随意而潦草
起伏的丘陵
将思念摁在长长的怀想中
我听不到的声音震耳欲聋
在阳光照不到的地方
我蜷缩在早年的小水沟边
遍地野花，和一个少年
一沟的水
怀念一条一条游走的鱼

2020 年 8 月 23 日

炊　烟

炊烟升起
在起伏的泥泞的路的那一头
村庄比目光更遥远

狗叫的声音成了一种幸福
炊烟在想象中变得温馨

我爬上丘陵
我看到了村庄

那棵柿子树上果然挂满了柿子
那扇久违的院门果然敞开着

我醒来，怅然在夜的深处

2021 年 11 月 5 日

摇晃的船

想再坐一次船
在一船人中
挨着你坐
河水还像从前那样流
野鸭还像从前那样在船前游
它们一会儿钻进水中
一会儿又从水里冒出来
风还像从前那样
吹过来
船晃了晃
又晃了晃
把你晃到我怀中
听你，哎呀一声

2016 年 9 月 8 日

眼　睛

四十年后，那双眼睛还在那儿
在一个小窗口
燃烧我
四十年的风沙掩埋不了它
四十年的暴雨浇灭不了它
它还是在那个窗口
还像四十年前一样
燃烧我

它已不再水灵
它已混浊
但它还是像火一样燃烧着
燃烧着我的回忆
和青春

2016 年 9 月 7 日

一枚小枣

挂满枣的树
让看到的人发出惊叹
更多的人围过去
在他们仰起的脸上
有树叶的绿，天空的蓝

我沉默在一棵年老的枣树前
听它在老去的皱纹里讲故事
一枚小枣突然从它伤口处跳出来
红红的，仿佛要在它过去的疼痛上开出花

我闭上双眼，听古老的土地上滚动着呐喊

2017 年 9 月 14 日

古老的阳光

古老的阳光
被雨水淹没的阳光
它是在泥土里涌动的渴望
是对一个季节的向往
即使在寒冷雨水里
阳光依然在我们看不到的地方照耀我们
那是人间最古老的温暖
是一个孩子把手指伸进嘴里的吮吸
是母亲饱满的乳房
母亲
为我们奔走的母亲
用她的爱
给我们一生的阳光
和对阳光的想象

2017 年 1 月 5 日

拉二胡的人

对面楼上的二胡又响起来
它粗糙的旋律，穿过路
穿过路边的树
穿过阳光，飘进我的窗口
拉二胡的人，会是一个年老的男人
他的心思和他拉出的二胡的声音一样粗糙
老去的时光里
连回忆都有些漫不经心

或许他也打开了他的窗口
或许会有一只鸟从他窗口飞过
他肯定不会在意
他正眯缝着眼，拉着弓
他刻意让这段空下来的时光
在他拉出的旋律里
填满记忆或者消失

2018 年 8 月 24 日

第一辑　村落

老　舅

村庄在我身后
我的左边是一棵上了年纪的皂角老树
我的右边是一口被绳磨出万千条痕迹的井
我的前方有条水沟
一头水牛卧在水沟里
还有一只蜻蜓停在牛角上
还有一只青蛙从沟边草丛中跳进沟水

我看到我趴在老舅的背上
一颠一颠的
像一只航行的小船
像一只到不了岸的小船
岸其实就在前方
老舅却驶向另一个方向
后来，我才知道
老舅认得通向我家的路
他只是为了我能在他背上多趴一会儿

2018 年 6 月 29 日

五　爷

鞭炮声中，五爷蹒跚着
走向河边
他的胡须白了
像树枝上的雪
他的目光呆滞
河水一样
冻起来

五爷拄拐杖的手是凉的
那些麦苗，那些
稻谷
都不认识五爷的这双手了
这双播过种的扬过场的手
这双扶过犁的拿过鞭子的手
连同手掌的老茧，都留在风里了

五爷还记得他当年耕地的号子
他嚅动着嘴
拄着拐杖
朝搭在河边的他的茅草屋
走

2018 年 2 月 9 日

暮 归

晚归的鸟暗了天空
夜把帷幕向下拉
夕照一拖再拖
想让那些鸟叫留下来

芦苇踮起脚
不小心碰落了芦花
水有些惊恐
不停向四周荡漾开来

小船靠向岸边
一个背着书包的孩子跑过来

2017 年 10 月 10 日

七　夕

苘地里，我听不到一点声音
星星在天空不动
蚊子飞舞
时间走得很慢
告诉我到苘地里偷听牛郎织女情话的人
他已经老了
他的花白的胡须
就像剥下来的苘淘洗干净晒干后的苘坯
他坐在打谷场上
抽着长长的大烟袋
每一阵风都把他吐出的烟写成迷
这个时候，天空星光辉映
像谁在亘古之前画下的画面
还会有秋虫在画中唧啾
还会有那个下放的城市女孩
她打着手电筒画一样飘过苘地

2018 年 8 月 17 日

夏日黄昏

想起街道，人
飘在空中小吃的味道
吆喝的叫卖声
被人牵着的狗

我在陈旧的时光里
与光着膀子的人擦肩而过
卤摊肉香扑鼻
涂满厚厚的黄金

扎马尾的女孩趿着拖鞋
专心吃着串烧
她的影子投在街边一张小桌上
晃动在几个老人的牌局中

晚霞笑吟吟踱步
和每一个人打招呼
我想起一个人
他坐在水边对着夕阳拉二胡

2017 年 7 月 21 日

夕阳将要落下

夕阳再次把我的影子拉长
我知道
它将和我告别

枯草安静
像打盹的老人
停下脚步我发现
枯草间跳动出星星点点的绿

这些冬天的隐喻啊
似乎想把春天的梦拱出

我站在枯草边
像镶嵌在夕照里的诗句

2019 年 12 月 29 日

夏日里最后的时光

夏日里最后的时光
太阳的光还在
爬满楼顶
和楼前的树
还有一些散落在水中
一波一波的
像没有捡起来的诗句

一些花已枯萎
一些树叶在凋零
还有一些花在开着
虽然
它们没有了春天的生机
没有了盛夏的茂盛

站在花前我沉默无语
一种情绪慢慢浸透我的生命
我看见一个老妇人坐在椅子上看河水
一只宠物狗在她怀里舔着她的衣襟
我看见一个扎着小辫的小女孩摇摇摆摆
跑在路上
我看见一个年轻女人

一边追逐一边叫着小女孩的乳名
我看见小女孩跑过老妇人
我看见老妇人看着小女孩，就像她
在看一个悬挂在记忆里的梦

2015 年 8 月 9 日

初　秋

砸在岁月里的声音
是一片落叶
美好的记忆还留在枝头
摇动
去年的秋衣有些小了
隆起的肚子和升高的血压，让
行走的脚步迟缓
远方的风景一再被岁月推远
回不到夏天
也就不再去纠结夏天了
一个新的季节的到来
我必须学会适应

2017 年 8 月 23 日

中　秋

和我想象的一样
月色，和月色中飘过来的桂花香

你的背影比月亮更圆
饱满着一个季节的渴望

距离在高铁上变短
思念被月光拉长

桂花香中的我
要把你寄来的石榴摆成一只圆圆的月亮

2022 年 9 月 10 日

第一辑　村落

51

秋　夜

月亮升起了，一片月光
秋虫叫起来
惹得母亲的咳声大起

冰凉的夜
我的担心就是一缕月光
悄悄停留在母亲床上
母亲的眼角挂着泪
像一串想不完的心思
凝视着父亲遗像

脑出血后遗症从未离开过的母亲
与左半身麻木不停斗争的母亲
她的左眼浑浊
就像老屋后那面浑浊的水池

我守在水池边
守着满池的记忆
我仿佛看到了母亲在梦中的微笑
就像从窗外飘进来的桂花的香馨

2016 年 8 月 16 日

岸　边

阳光走过河面
冰灿烂起来
那是一种独自的燃烧

空空的河边空下一段寂寞的往事
养鸭的人远去了
养蜂的人远去了
草木还没有醒来
虫还没有醒来
落光了叶子的树还站在那儿等待

它在等待
干皱的皮裂开来
孤独的心藏起来
它在等待
一只曾经跑过去的兔子
一只曾经飞过去的乌鸦
一对曾经来过的男孩和女孩
一个曾经嘈杂的让它心烦的渡口

渡口还在
长满了干枯的荒草

船还在，在岸上
剥落的油漆
散落的船板
让时间在船头
空空等了许多年

2016 年 12 月 27 日

往　事

往事定格
遥远比现在更清晰

站在河边的人还站在河边
她看到水中的云朵在相思中流连

一只野鸭钻入水中
波纹揉碎了一切

我常常对着破碎的水面发呆
一个下午，或者四十年

2020 年 4 月 8 日

从过去划过来的旱船

那只旱船还在前行
那个划旱船的人却不知去了何处
她的红红的脸
红红的唇
她的红红的声音
热闹了一个年季，温暖了一个冬
我们跟在她后面
听一挂又一挂炮仗的声音
我们在炮仗声中欢呼
我们去捡拾没有爆炸的炮仗
我们崇拜那个划船的人
虽然她比我们大不了多少
她的扭动的腰肢
她的笑
她的看向我们的眼睛
我们崇拜她
她就是我们的花朵
是我们的春天
是我们的年
现在我们看不到她了
她去了何处
她还划旱船吗

她还扭动她在我们心中的腰肢吗
还有她的笑
她的眼睛
她的红红的脸蛋
她的红红的嘴唇

2017 年 2 月 4 日

干 裂

六月，岸边的花已凋尽
麦田在河岸背后
干裂在季节的缝隙
种子在炽热中渴望
打工的人还在城市攀爬脚手架
年老的人站在河边
看着干涸的河床叹息

打工的人
用他流不尽的汗水流成梦
年老的人在风吹过来的热浪中
祈盼着雨

干裂
把祈盼与梦想糅合在一起

2018 年 6 月 27 日

叫我乳名的声音

那个叫我乳名的声音一定来自天上
你看那片飘来的云就是他送给我的礼物
那片云变化万千充满想象
让天空永远神秘永远动人

我在这个声音里仰望天空
我在天空中倾听这个声音
那个我熟悉的叫我乳名的声音啊
它来自遥远的故土

我曾一路奔走一路流汗
我要创造让我富裕起来的财富
我忽略了很多淡漠了很多
我在忽略和淡漠中渐渐也忽略了自己淡漠了
自己

我不知道自己在什么地方
我也找不到回家的路
那个叫我乳名的声音啊
突然响起

突然响起的那个叫我乳名的声音

它就在我的身边

阳光一样沐浴我

让我安心，让我幸福

2015 年 11 月 17 日

风暴过后

此刻
万物平息
天空干净得一尘不染
几朵云学着鸟飞翔的样子

在被折断枝干的树上
我读懂了淡定
路上那些被风吹过来的尘埃
像极了那些阵痛后的日子

水上
一只白色的水鸟贴着河面飞
它像一朵掉下来的云
向流水相反的方向飞去

2018 年 7 月 25 日

冬天的池塘

荷枯在冰下
一些腐烂的叶子上
残留着盛夏

阳光在读沧桑
池塘装满岁月

空无一人的乡村小路
只有风吹过，没有了树叶的喧哗

树上的鸟巢空在枝上
倒映在池塘里听路过的鸟叫

2017 年 2 月 25 日

第一辑 河流

通济渠

河水枯竭，在它干裂的河床
听一棵柳树讲古

一枚贝壳化石
氤氲缕缕脂粉气息
虚无成云霓
游动成一条时间的鱼

我们在泗洪，在通济渠残存的水边
看那片旧时的月光
它爬上岸边
在霓虹灯不停地闪烁中若有若无

2016 年 5 月 30 日

窑　河

弯曲着，流向远方
弯曲着，像许多说不完的往事
茂密的芦苇留不住苇絮
飘着飘着就成了鸬鹚的心思

曾经的渡船
雕塑成了岸边的景观
曾经的瓦罐
装订成了老人丢不下的生计

柳树在记忆里晃了又晃
知了在梦中把乡愁吵醒
水纹一圈一圈圈不住满河夕照
几只野鸭在追逐一点一点掉下去的落日

2018 年 1 月 29 日

汴 河

1

每一滴水，都流过千年的沧桑
和我想象的一样
它们从我眼前流过时是那样平静

2

树站在河边
叶枯了，落了，又长出来了
树恍惚
源源不绝的流水比它更长久还是更短暂

3

一只渔船划过来
一只野鸭从水里钻出来
大的水波把野鸭举起来又放下去
小的水波被大的水波推动着
拍响了岸

4

一枚从远方漂过来的叶
它枯萎
它失魂落魄的样子让我心痛
我似曾相识

5

还有谁会站在岸边
岸边落满了雪
冰在雪下
只有风听到水在冰下流淌的声音

6

像一块石头
我站在河边
像一棵树
我站在河边
我看到一片干枯的芦苇背后
有一只龙舟驶过
拉纤的宫女苇絮一样在空中飞舞

7

吟诵汴水的人还在吟诵着

他们乘一朵云来
他们又乘另一朵云离去

8

我坐在画舫上品茶
两岸风景缓缓向相反的方向退去
河水从画舫下无声流过
这是画舫不曾想到的
我也没有想到

9

我在汴河边见到了月光
它们和我在其他地方见到的月光相似
不同的是汴河的水比月光更清澈
它让我想起了故乡

10

行走在汴河风景带的人
他们被自然雕刻在诗画中
他们和我一样
会在某个时刻遇到一只从远方飞来的鸟

2016 年 5 月 25 日

回　家

这条路上我遇到阳光
水，和风
遇到红灯笼
环卫工，和汽车
来来往往的人
像我一样走过所有事物
和事物之上的
这浓浓的年的气息
这久别的念想
这红红的鞭炮和对联
这怯怯的想开还没有开的花朵
和一根让人遗忘的长长粗粗的辫子
它一直在我的记忆里摇着
它是一组不用风吹的风铃
它摇响我所有的梦
一只木桶
一条长板凳
一根捶衣棒
一片芦苇
一条河
和天上的云朵
都在河边码头上

等待我乘一只木船

回家

2017 年 1 月 24 日

家乡的河水

我看到的山在楼群背后
那些山起伏在我的眺望中
绿色，和绿色间的楼顶
故事一样
一页接着一页
延续得比山峰更绵长
故乡在山的那边
在一条河边
那条河离我遥远
河水却夜夜流淌在我的梦中
多么清澈的河水啊
我常常梦到自己蹲在河边
捧起河水

2020 年 8 月 3 日

傍　晚

一场雨后
天空被洗亮
浑浊的河水急急赶路
刚刚漂过一片水草
现在又漂来一片

这是一个留不下任何事物的傍晚
一只水鸟从岸的这边飞起来
它飞过河
又消失在了岸那边的树丛里

风从对岸吹过来
摇响岸边的树林

夕阳从一朵浓浓的云中露出来
羞羞怯怯的样子像一个刚刚出浴的少女
你还没来得及看清她
她就又钻进了另一朵云里

2017 年 5 月 22 日

鸟 窝

那些搭在树枝上的鸟窝
能挡住风雨吗

粗糙的日子
在风风雨雨中的日子
一天一天过去的日子
让我想不明白的日子

我没有见到鸟
我坐在高铁上
鸟窝从我眼前一闪而过
树林间的小屋从我眼前一闪而过

2017 年 1 月 19 日

洪泽湖渔鼓

手拿渔鼓的人，他们走在湖坝上
他们装扮奇特
像从远古走到现在
他们神态各异
念叨着我们听不懂的经文
天空晴朗
让几缕白云有些轻佻
紫叶李花开了
给了我们许多暗示
湖面平静，庄重
粼粼波光像先人传承的祈福
将要出港的渔船蓄势待发
捕鱼者站在船板上
任湖风吹起衣襟
手拿渔鼓的人，他们走遍每一条船
他们把祝福装满船舱
他们像一群白鹭贴着湖面飞了一圈
又落在了岸上

2018 年 8 月 17 日

狗尾巴草

它们静止的样子和它们
在风中舞动的样子
和一只潜在水中的鱼
和一只跃出水面的鱼
和一群飞在水面的鸽子
和一群落在河边的鸽子

它们和它们和它们
出现在同一个画框里

有些事物我们无法判断
有些事物我们无法预测

一些人和事会走进画框
他们还是当年的样子
慈祥，和善
他们叫着我的乳名
像我叫着狗尾巴草

2021 年 11 月 3 日

汴河的早晨

1

树林放下它茂密的心思
一些叶落下来
竹林在树下
守护着一朵刚刚醒来的花
草有些慵懒
虫还没醒来
鸟叫早早绽开在树梢
阳光轻照
空椅上，一阵风吹过来

2

两只水鸟沿着穿越城市的河流飞
它们贴着水面
检阅楼的倒影
捕鱼的船漂泊在倒影之上
男人摇橹
女人下网
一阵风吹过
河水皱了皱

船晃了晃
水鸟斜了一下身子
一只落在左岸
一只落在右岸

3

我站在河边遥望
它早年的源头已干涸
它的河床
嵌满沧桑
它嫁给了另一条河流
它还在流淌
汴河
繁华一时的隋唐运河
就这样凋零在岁月里
把它最后的故事
留给泗洪讲

4

我在汴河流淌的水中看汴河将要披上新的盛装
我在鸟叫声中听承载千年梦想的鸟叫

2016 年 5 月 25 日

窑河边的芦苇

被砍掉一茬
又长出一茬
窑河边，这些芦苇的生命
顽强得像真理

冬天的风吹枯了它们
春天的风又给了它们新的生命
一年一度
它们一直站在河边，像亲人

日夜不停流淌的河水
有时会干涸在河床
芦苇还是站在河床边
不离不弃

我一直分辨不清哪一根芦苇是哪一根的后代
我也分辨不清它们哪一根年长哪一根年轻
直到后来，我再次回到故乡
河边空空荡荡，只有从上游流下来的水又流
向远方

我站在芦苇曾经站过的地方

像一根内心被掏空的芦苇
看一只水鸟从我眼前飞过，它形单影只
像一个找不到家的孩子

2018 年 8 月 13 日

家乡的河流

落一片叶，河水就干了些
叶落多了
河水就瘦成一条细细的线了
裸露的河床
把一些早年旧事晾晒出来
每一块石头都很好奇
阳光原来如此温暖

我寻访过河床里那些碎片
那些从上游流浪过来的稗草
它们在此扎下根来
像一片绿色的梦想
我走在它们中间
想起一条条曾经的鱼游走在那些流去的水中

流去的水不再回来了
上游的水还会流下来
叶落尽了
新的叶还会长出来
我呢
那个奔走在河边的少年已经远去了
只留下思念伴着白发一根根长出来

2020 年 1 月 8 日

湿地边

比我高的芦苇和比我矮的芦苇
它们，无视我的存在
白鹭从它们中间飞起来
又落在它们中间
这个过程让夕照如画
让我，比一株芦苇更感动
这是我生命中最原始的部分
此刻，我只能把自己想象成一株芦苇

2020 年 5 月 16 日

湿地观鸟

稍不留神，鸟就飞出来
从内页飞到封面
从封面飞到遐想
叽叽喳喳
没有标点
它们想打开我关闭已久的心扉
它们做到了

这些从苇丛飞出的鸟
它们用一首歌谣拉开序幕
那个旋律我们耳熟能详
在水中
逆流而上
然后它们融入黄昏
在暮色里合唱

更多的鸟从远方飞回来
它们围住黄昏
粘贴在晚霞上

2017 年 6 月 3 日

湿地，九月（组诗）

游船

行走的船
把前世今生的梦都荡开来
每一缕风
都带有思念的味道

仿佛一曲小调
仿佛一阵蝉鸣
仿佛追赶浪花的浪花
在芦苇深处迷失

我看到的芦苇和我想象中的芦苇大致相同
都在你纤纤的手指间
折叠成一只只牵挂的
粽子

此刻，游船驶进九月
拖着八月还没有来得及消退的炎热

水杉林

时光倒退到你没来之前
仿佛你在八月的骄阳和困惑中，遭遇
水杉
梦一样的水杉
一棵棵直立在时光里的水杉

白鹭的影子或隐或现
凋零的枯枝落入水中
风拂过水面
原始而美好

千荷园

花开花落
莲蓬无语
每一阵吹过来的风都在荷叶间奔跑
起起伏伏
像一路走过来的岁月

骄阳还在燃烧
在秋的枝头布道
你回想起夏日满满的荷香溢过青春
一袭红装
风情万种

深呼吸通道

一呼一吸间
世界清明
你放飞了自己
放飞了
灵魂

想象沿栈道延伸
天空蔚蓝
像一湖水荡漾不停

鸟在观鸟台的瞭望中飞来
又飞去
空旷的空
静坐如禅
历数来来往往的人群

2022 年 1 月 26 日

想念一条河流

围绕家乡的河流围绕着丘陵
围绕着庄稼和树
树总是很卖力地生长
总是长不大
总是结很少的果子
很甜
河边的芦苇长久向远方瞭望
苇花飘起
在它瞭望的方向纷纷跌落
不停流淌的河水啊
在有月的夜晚流向月光
流向梦想
流向一只漂泊在河水上的渔舟
渔舟倒映在故乡
那个拉二胡的人还在不停拉着二胡
听二胡的人站在他的对岸
他们泪流满面
望着天上的月
思念故乡

2016 年 10 月 11 日

漂浮在水面的落叶

它们随流水而流
畅游或者
离去

自由的灵魂
褪尽回忆的颜色
像祈愿的烛光
让看到它们的人温暖

我是那个温暖的人
我把早年的心愿托付它们
随流水
而流

2021 年 11 月 2 日

鸟从水边飞起

今天的河流和昨天的河流大致相同
岸边的景物大致相同
落下的花瓣大致相同
平淡的日子大致相同

两个孩子闯进来
画风陡转
两只鸟从水边飞起
扇动起两岸别样的景致

河流倒映飞鸟
岸边洒满孩子笑声
花朵在孩子的打闹中开心地舞蹈
平淡的日子别样动人

我看着渐渐飞远的鸟
突然想起散落在生活拐角的诗句

2016 年 8 月 22 日

垂　钓

阳光照过来
他把钓竿伸进阳光
钓

河水碎了
又慢慢复原
诱饵在水下
不知是为了鱼还是为了念想

垂在水面的柳枝渴望吐出新芽
枯叶在水上漂
他坐在岸边
像水面一直没动的浮标

2016 年 5 月 18 日

河边的老柳树

水，流着
带走它满树的鸟叫
带走它断枝的伤痛
此刻
它沉默，凝望天空

风吹过来，又吹向对岸
太阳升起，又落下

它沉默
凝望

我走近它，突然发现
一粒新芽
正从它结满疤痕的伤口，吐出

2018 年 1 月 19 日

卖菜的人

卖菜的人蹲在菜筐边
缩着脖颈
不时用手擦去流出来的鼻涕
菜安静地躺在筐中
像一群熟睡的梦
冰霜结在菜叶上，像在列队迎接
吹过来的风

阳光照在路上
温暖，像一首古老的诗
卖菜人离它那么近
只隔着一栋楼的阴影

我无法挪动太阳
也搬不走那栋高大的楼房
我走到卖菜人菜筐前
买下足够吃一个星期的菜
我想那个卖菜人或许可以站起身来
走到阳光中让自己温暖片刻

2021 年 1 月 20 日

话　别

我站在深夜
那些月光从河面飘过来
凉凉的
点燃起来的火把像一条游弋的长龙
在河的对岸
游向我

我记得你站在我左边
脸冻得通红
刚刚钻出泥土的麦苗在我右边
悄无声息

你的目光漫过我的身影在麦苗上画着问号
青青的
在元宵之夜
我们话别

月光和麦苗都记住了我们的话儿
我没敢去拉你放在我手边的手

2016 年 6 月 5 日

雁南飞

天空用最广阔的胸怀拥抱雁群
飞机停飞
坐飞机的人仰望雁群，像一朵朵若有所思的云

这是一年一度的迁徙
没有国度

把战火停下来，让雁南飞
把仇恨停下来，让雁南飞
把污名和诽谤停下来，让雁南飞

雁南飞
需要包容的天空
需要爱，与和平

2018 年 9 月 14 日

忆恩师

流去的水再一次涌回来
以另一种方式
倒映淮河两岸风景

柳树的记忆飞满四月
一支粉笔
一串南京口音

用文字养心
用狼毫写意
你的日子在起伏的丘陵上起伏
脚印印满泥泞

奏起的哀乐在南京一间狭小的屋里弥漫
你在哀乐中的微笑漫过我们记忆
老师
我们在一树桃花中看到你
你还是拿着那支粉笔
还是一串南京口音

2016 年 8 月 18 日

虫　鸣

茂密的枝叶罩不住虫鸣
它溜出
在河面漫步

追逐的燕子在河面划出一道弧线
又消失

漂过来的叶子
在枯黄的颜色里写相思

你不在
让一个傍晚消瘦在夕照里

2016 年 7 月 25 日

午　后

思念从浅浅的水中长出来
那个时候，阳光
正好把思念晒干
水边的草耷拉着脑袋
像一个个犯错罚站的孩子
树荫下的小黄花在风中舞蹈
像当年跳舞的少女

男人坐在树下
他花白的头发被风一根一根撩起来

2016 年 7 月 20 日

在一片落叶上回忆

现在，把阳光藏好
更多的时候
我们浪费阳光
我的一只脚还没来得及晒干
另一只脚在雨水里又一次被淋湿
与脚有关的还有路
路边的树
树荫砸在我脚面上
它们抱紧我
让我一根白了的头发落下来
在一片落叶上回忆

2017 年 1 月 2 日

河　边

一阵风
让大地上的一些事物飞扬起来
我看见一张纸屑和一片枯叶飞了很远
又落在了河边一片枯色中

我站在河边
风贴着我吹向河的对岸
一只小鸟在河面的冰上踱步
它有着神闲气定的风度

没有人在岸边行走
纸屑上的文字愈加孤独
岸边的空地上却好像有了些绿意
还有一朵小花悄悄吐出了黄色

2017 年 3 月 12 日

伸向河中的钓竿

伸向河中的钓竿，以凝固的姿态
与河水交谈
流淌的时光，六百年
或者更长久

垂钓的人
被诱惑垂钓
他正游弋在闹市
无法上岸

温暖的阳光弹奏古老的节奏
我在这节奏中
听汴水的繁华与凋落
听过往的车轮在岁月中滚动

2021 年 11 月 9 日

坐在河边的孩子

那个坐在河边的孩子一直坐着
她比她的年龄老了许多
比刚刚到来的春天老了许多
返青的柳枝
黄色的迎春花
吹过来梅香的风
都很惊讶
那个孩子坐在河边
像她坐着的一块石头
她把头埋进双腿间
她把双手伸进自己的长发里
她的红色的衣服
她的微微抖动的肩膀
她多么像一朵在寒风中绽开的花儿
我走近她
我那样小心
我想把春天的消息带给她
但我又怕她受到我的惊扰

2017 年 2 月 7 日

坐在河边的老人

河水流过他的记忆
流过画面
轰隆隆的列车驶过来
又轰隆隆地驶过去
他没有留下什么
似乎也没有要带走什么
他坐在河边
看河水

河水涨了
比他想象的还要满
他听得见一个脆嫩嫩的声音叫他
脆嫩嫩的
刚上市的带着花的黄瓜一样
脆脆的
嫩嫩的
他看到一朵云掉进水里

坐在河边的老人
坐着
一张很老很老的椅子伴着他
一片阳光照着他

他坐在河边
坐在阳光下
在一张老旧的报纸里
看夕阳一点一点落下去

2017 年 2 月 14 日

在另一座城市相聚

我们像一株株站在秋天的树
一晃，叶就黄了
心还在春天
阳光恰好照着我们
清纯的窑河水
清纯得像我们自己

我们随流水奔流
天涯海角
或者
飞逝的年轮
我们还没有学会感叹
一半在奔波途中
一半在花白的头发里寻找青春
还有一缕怀旧
一缕炊烟
一缕月光
还有水边芦苇的诱惑
水鸟
还有一些杂乱的草
埋藏着我们向往的天真

秦淮河太闹

不老村太静

它们的故事离我们很远

又在某个瞬间离我们很近

我们

也会在某个瞬间

穿越儿时

围坐在煤油灯下

做一道还没有做完的算术题

2018 年 10 月 31 日

遗　产

一间没有窗的小屋
暗淡着一张床　和
床上的人
被褥陈旧
散发出光线一样的气味
和　药水的气味

不能愈合的伤口
流淌着化疗留下的灾难
人已消瘦得比被褥更旧
比光线更暗

十岁的儿子拿着一张纸
那张纸在儿子的手中很轻
感到沉重的
是儿子身后的妻子

当儿子把一笔一笔数字报给父亲的时候
我哭了
那些数字
是父亲看病时欠下的
是父亲将要留给孩子的唯一的遗产

我在儿子稚嫩的声音中沉默
我在不能起身的父亲床前沉默
一种久违的感动阳光一样照进屋里
没有窗的小屋顿时变得分外温暖

我擦去脸上的泪水走出小屋
外面的阳光照耀着村庄和大地
一阵清爽的风从田野缓缓吹来
我听到了阳光走进小屋的声音

2016 年 1 月 12 日

思　念

时光在屋里转一圈
在挥动的鸡毛掸下又转一圈
屋里亮堂起来
她喘息，擦汗，一脸茫然
她木着脚步，下楼，看天
夕照镀在云上，像似她记忆中的告别
她脸上纵横的皱纹
像似她心中深耕的那块田
那块田里的枣树一定结满枣了
那些枣会一粒一粒落在他坟头上的杂草间
那些草是不是又疯了一样长起来了
长得像她越来越剪不断的思念
你个死鬼！
她像想起了什么
她上楼开始做晚饭
她下了一碗他活着时最爱吃的饺子
夜色降临
她好像听到儿子媳妇回家的脚步声
她一口一口吃了那碗饺子
悄悄取下那张挂在墙上嵌着黑纱的照片

2016 年 8 月 10 日

他　说

叫我的声音贴着墙壁
在脚手架上攀缘
在机械的轰鸣中细若游丝
我看到一点一点长高的楼房还在长
我看到那些高大的树木越来越矮小
我看到我越走越远
季节不再分明
爱越来越重

他坐在我的面前
一仰头喝尽杯中的酒
我看见他的眼泪流下来
他说他老婆这几天就要分娩了
他听到了孩子的哭声
他听到了一个叫他名字的声音
那个声音混合在他流下的眼泪里
他说他想回去
他就要当爸爸了

2016 年 8 月 20 日

想　你

坐在树下想一个人
是一件偶然的事
那个时候夕阳就要落下
波光在水里跳动我的眼睛

你走后我一直都想醉一场酒
这很奢侈
没有人再和我一起冒着雨带着酒流浪街头
也没有了那时年少的青涩的情绪

你还好吗
这么多年我都把你当成了河边这棵树
看你落一地叶子
又看你把叶子一片片从树上长出

2016 年 7 月 9 日

第二辑　河流

合　影

站在左边我右边就是空白
站在右边我就失去了左边
这是我们共同的时光
我们合影在花叶之上
留恋跟在身后一声不吭
暧昧得就像对准我们的镜头
你的笑还是碰破了梦
让斑斓的心思绽开了一整个夏

2016 年 6 月 23 日

雨 天

雨天，你看到的雨有些恍惚

滴滴答答的雨
像谁在想心事

像一次轮回
你看到一把伞从窗前飘过
那把伞你似曾相识
仿佛是一个回忆

雨天，悄然而来的感动又悄然离去

2019 年 6 月 26 日

雨　中

树已遮挡不住雨了
叶子早已凋落
站在树下的人被雨淋着
不动
有人拉开窗帘
有人走过树
有人转头看她一眼
又离去

她站在树下
像另一棵凋落叶子的树

2017 年 1 月 29 日

秋　雨

把大地下透了
把天空下透了
把秋下透了
把思念也下透了

行走在雨中的人臃肿起来
枯叶多起来
撑起的伞寂寞起来
它们挤在一起取暖

远方的人还在远方
行走的人还在行走
厚起来的愿望越来越厚
等待相逢来承载

絮絮叨叨的声音
絮絮叨叨的心思
躲在云后的阳光
正一点一点向云前挤

河里的水满了
水汹涌了

父亲，我把一只纸船放在水上

水把它打进水中

2017 年 10 月 5 日

过 年

想在过往的年中停留片刻
想把往事定格
想让母亲年轻在灶旁
想让父亲回来再喝一口他喜欢的酒

想把自己放鞭炮的铁罐找出来再放一次鞭炮
想让自己回到过去从头再长一遍
想挤进那么多孩子的中间
一个一个给祖父叩头领压岁钱

想把年简单成一次旅行
想把年搬到女儿租赁的小屋
想和女儿聊聊她的婚姻
想一家人能坐在一起看一个完整的春晚

2017 年 1 月 17 日

第二辑 河流

车过江南

车过江南
江南渐渐成了远去的风景

我曾陶醉在那片风景中
我曾在那片风景中化作一朵白云
白云里飘出的那一声吴语
软软的
像那一把油纸伞
像那一个彳亍在小巷里永不消逝的背影

我忘不掉那个背影
我想把自己续写成那个背影后的诗句

2017 年 3 月 1 日

思故乡

风凉
悬挂在月亮之上
水波揉碎霓虹
故乡在远方

掰不碎的狗吠
串不起来的花香
外婆的故事在池塘边逗留
温暖着古老的村庄

2021 年 11 月 9 日

瀑　布

日日夜夜的思念从峰顶开始
从我的前生开始
我喊着你的名字
扑向你
扑向大地

我是你怀中流动的语言
是你回不去的承诺
是你生命中精彩的一个瞬间

飞扬起来的骏马的嘶鸣啊
绚丽的彩虹
那一刻，我会镶嵌在你生命里
成为你一生一世的风景

2016 年 9 月 7 日

这个夜晚

早年的名字一个个溜出我们嘴边
画面定格，在我们越长越多的白发间
像一首首儿时的歌谣
吟唱在这个夜晚

这个夜晚，灯火通明的夜晚
照着我们远去背影的夜晚
拉长我们的回忆
拉长我们对回忆的触摸和感叹

凋零的叶子在我们脚下翻滚
我们手拉着手
干净的月光洗涤我们的声音
我们大声叫喊

我们在叫喊中用尽我们所有的力量奔跑
我们同样用尽我们所有的力量紧紧握住我们的手
这个夜晚，我们会想起我们儿时的游戏
想起那么多我们那么久都没有叫过的名字

2021 年 10 月 6 日

秋天，向南方

那片玉米地和我擦肩而过
像我的记忆
一晃就在我生命中消失
我不知道我还有多少收获可以错过
生命，就像越来越薄的纸张
难以承受书写爱
或者悲伤

阳光从我的一侧照过来
我的影子横躺在我的另一侧
越来越重
越来越长

2020 年 9 月 3 日

等　待

她站在村口
像一棵树
她就是一棵树

起起伏伏的田野起伏着空寂
片片绿色让一群麻雀飞过
它们喧哗，时光在它们扇动的翅膀上
一闪而逝
怀想或者牵挂
麦苗或者干枯的草
风把落叶吹过去又吹过来
消逝的雪用泪水浸透土地

她站在村口
像一棵树
她就是一棵树

她的一双迷茫的眼睛
一双看着通向村外的路的眼睛
她看不到有人走动
她看到自己在走动
背着草筐牵着儿子的自己

挑着麦子的自己
路上的那道光，是儿子远去的背影

她站在村口
像一棵树
她就是一棵树

她多么像我的母亲
她的头发全白了
好像她要在村口用她的白发
暴下一场白色的雪

2018 年 6 月 26 日

把爱拴在炊烟里

炊烟无声
缭绕在丘陵深处
树木高举手臂
迎接我

两只飞舞的蝴蝶
它们像奶奶哼出的小调引导我前行
奶奶不停向灶里添柴火
她把爱拴在飘出肉香的炊烟里

2017 年 1 月 7 日

回　首

翻捡时光
海滩上海水已经老去
埋藏在沙里的秘密一枚枚裸露出来
漂亮的贝壳自鸣得意
它忘记了自己早已被掏空
连住在里面的海浪声都已老掉了牙齿
苍茫的海面
只有风

我找不到岸
我只能退回来
退回到我的故乡
退回到我熟悉的丘陵，起伏的土地
那些土地上起伏着我一个个挣扎的脚印
那些脚印上栽植着怎么长也长不大的树
那些长不大的树一直把根深深扎在贫瘠的泥
土中
它们让我羞愧，让我感动
我坐下来
在它们身边
倾听它们梦想的心跳，海浪一样地汹涌

2018 年 9 月 14 日

夜游石头城

雨越下越稠了，我才发现
我的脚步越来越慢
有些迟缓的中年
在不停闪烁的灯火中
愈加迟缓
秦淮河的水在流动
我看到鬼脸在变化，像我
流逝的岁月

我第一次来石头城
雨缠绵
我的朋友走在我身边意气风发
像一朵刚刚绽开的花
在他中年的枝干上
在鬼脸的后半部分
谈诗

我第一次走在一个城市有雨的夜晚
我似乎有些似曾相识
我站在桥上
我似乎在等待一次偶遇
八朵湮没在岁月里的花

一个手拿桃花扇的姑娘
我似乎看到一只画舫
在早年的歌声里缓缓前行

我的朋友在我身边抽烟
雨在我身边抒情

2018 年 11 月 17 日

第三辑 土地

田　野

小路蜿蜒在田野
清晰而又坦诚
过往的时间铺展开来
镶嵌着弯下腰捡麦穗的孩子
筐里的草
等待麦田"开门"的耙子

一列车撞破记忆呼啸而过
田野一下闪了过去

2020 年 5 月 4 日

十　月

红叶的红
让田野不再沉默

燃烧的十月
点亮，人类最绚烂的灯盏

奔驰的高铁
划破杂草丛生的记忆

我的影子踩痛月光
秋风无眠

2021 年 10 月 27 日

风留下鸟叫的痕迹

回忆在风起的时候飘过来
我跟在风后吹过很长一段路程
麦田在收获后再次受孕
麦根无语
凝望远处的绿山想心思
鸟盘旋
在一棵树上筑巢
幼小的生命嗷嗷待哺
向我告别的话语此刻在岸边停留
鸟随风飞向远处
而风把鸟叫留下来
扔在风吹过的田野里

2016 年 6 月 29 日

爷 爷

门前的枣树总是在向远处眺望
我不知道它在眺望什么
远处的丘陵，泥泞的路像一条蚯蚓
弯曲着爷爷的背影

肩上挂着牛鞭的爷爷牵着牛
挪动在丘陵间
像一株移动的草

我爬上枣树
看落日的余晖逗留在思念的拐角

2022 年 2 月 19 日

父　亲

叫一声父亲
墓园就白了
整个山头就白了
整个大地就白了
纸钱一直在烧
父亲
你可以从火光中走出来
可以让我端起酒杯
再敬您一杯酒吗
这是今年最大的一场雪

这是我站在您墓碑前最大的一场雪
一场白色的雪
它苍白，无声
像您走时的脸
像您没了的心思
白色茫茫
白色茫茫

母亲还好
她的脑溢血后恢复得还好
她的左侧麻木的脚还可以走动

她的头发全白了
全白了，父亲
白得就像这场雪
这白色的雪就是母亲白了的头发呀
父亲，母亲只能让这白了的头发来看您了
父亲，您也看看母亲这白了的头发吧
也请您把这杯酒喝了吧
母亲怕您冷
我也怕您冷

2017 年 6 月 15 日

母 亲

清明在母亲心中很重
鸡没叫
母亲就被她二十年的思念叫醒
揉开她八十二岁浑浊的眼
佝偻着
用颤抖的手
在金元宝上，写字

母亲不认字
甚至不认得她自己的名字
但母亲却在一只只金元宝上
一笔一笔写下
她一生只认得的三个字
我父亲的名字

母亲的字不太像字
就像一堆火柴棒
横七竖八堆着
而我总是会在这横七竖八的火柴棒中
看到她，好像在点燃自己
给父亲照亮回家的路

2016 年 4 月 30 日

流淌千年的泪水

我的泪水在无雨时汹涌
在有雨时化为思念
沿着一条千年古道
独行

我用一个背影抽象出湿漉漉的心境
画出杜牧和一壶酒
并让酒香弥漫在每一个思念的日子
在火焰之上，伴着青烟飘向天空

父亲，我把母亲的念叨包成一捧鲜花献给你
我把母亲二十年的怀想酿成最美的酒献给你
我想看你端酒杯的样子
看你品着酒咂着嘴用手摸一把自己花白的胡须

你久病的苍白的脸上红润起来的笑容多么温暖
我会将这温暖播种
在女儿日夜兼程的奔走中
把你温暖在每一个日子里

2016 年 10 月 2 日

哭　别

1

花儿开了
妈妈，您在花丛中吧
阳光中的每一朵花都是绽开的春天
春天
把天堂装扮得又美丽又温暖

2

您年轻的脚步
青春
操劳的背影
潮水一样汹涌过来
淹没我
淹没我的记忆
淹没月光轻照的河滩

3

芦苇摇晃在月光中
妈妈

那一声鸟叫是您在呼唤我吗
我就在您身边
依偎着您
看过往的船只在岁月里过往

4

您看到我了吗
妈妈
那朵白云飘过来
它是您写给我的信笺吗
我读懂了，妈妈
您把担心放下吧
您把爸爸照顾好，像过去一样
爸爸快乐，您快乐

5

每一片新叶上都写满您的名字
妈妈
您将在这个世界茂密
在我的思念中
葳蕤成海

6

鸟叫
铺成一条通向天堂的路

妈妈

您走去的背影

融入花海

2020 年 3 月 22 日

荷　塘

田野开阔
荷花跃然纸上
它在阳光下摇动烛光里的往事
一座村庄曾经端坐荷塘之上

醒来的莲藕恍若隔世
想起那些离开村庄的人
想起
那些埋在坟墓里的人

阳光炽热
烤焦了世间一些琐事
满塘花香
像一片寂寞的心思在阳光下晾晒

荷塘边的豆苗长出来
一副天真的样子
几只蜻蜓在荷塘上空悠悠飞着
仿佛在找过去的痕迹

2018 年 8 月 12 日

雪　中

它们呼啸而来，田野苍茫
白色的雪飘
在大地的心跳上舞动

牛羊缓缓移动，消失在远方
村庄像一幅早年的画
一只黑色的乌鸦站在画中光秃秃的树上

我一时找不到家的方向

我看到一只白色的兔子在雪地上奔跑
它像一团奔跑的雪，它像我一样

它还没有找到家的方向

2018 年 1 月 29 日

一只黑色的小鸟站在草地上

一只黑色的小鸟站在草地上
枯色把它托起来
新的芽儿也把它托起来
它讲着黑色的语言
用黑色的目光观望
阳光把大地涂上金色
这让它有些惶恐
它转动着头
困惑在自己的疑问中

我一直猜不透这只鸟为什么到来
它的黑色是要向这个世界表达什么
我看到它在草地上踱步
它像在思考
它与我的距离并不遥远
可是我走不近它

我走不近它
它也不让我走近它
它看到我
它惊慌地飞走了

2017 年 3 月 7 日

路过一片小树林

此刻很安静，风吹过来
就落了一些叶
叶子似乎有些伤感，又不说出来
我一动不动
像我自己在飘落
阳光照过来
温暖的感觉就来了，包裹着伤感
在安静里

我走在闹市
闹市嘈杂
我仿佛身在嘈杂外，仿佛还在树林边
听叶子，在阳光下一片一片飘落

2016 年 9 月 15 日

丁　香

一个斜坡的记忆在一个下午融进夕照
钻出的草芽在过往的风中摇晃着小小的脑袋
丁香站在那儿
娴静而淡雅
像夕照中的女郎
蝴蝶飞过来
它像丁香早年的情人
我看到它在幽幽的清香中
牵着一根长长的线飞向天空

2020 年 4 月 8 日

秋天的阳光

阳光从不吝啬它的温暖
每一个事物
都在温暖中怀想
过往的时光

鸟叫让公园更加宁静
河水安详
岸边的空椅边
散落着枯叶

散步的人
丢下早年的忙碌
他们或她们
把阳光安排得像一首歌在唱

2021 年 11 月 13 日

对一只鸟的观察

它离我有十米
我看着它垂下黑色的翅膀
啄食，跳
又停下

它看着我
像一尊思想者

它转头
目光深邃
向我讲授小说
或者诗歌

我喜欢它的姿态
痴迷它的节奏和声音
我慢慢读懂它
它却在另一只鸟叫声中飞去
我被它丢下，愣在那儿
成了没有结尾的小说结局

2016 年 7 月 13 日

雪 地

花香溢出来
一朵小花开在雪中
独自吟唱，独自
在风中抖动

过往的车不停过往
大地不动
大地上的树木不动
大地上的绿色站成枯黄

一只小鸟落下来
它停在雪地上
它和那朵小花在一起
雪上留下它蹦来蹦去的爪印

风吹过
小鸟的爪印被雪填满
又一阵风吹过
小鸟又在雪上留下它新的爪印

2018 年 1 月 19 日

秋风中那朵不愿凋零的花儿

它抖动
用它孱弱的理想和向往
秋风吹过来
让凋落的枯叶不停滚动

它抖动
向灰蒙蒙的天空抬起它的头颅
这是它最后的呐喊
秋风中下起了雨

曾经的绽放
春风和阳光
它的心温暖着
一只候鸟的啼鸣

离别的叫声
拉长了一个夏天的相思
它在秋风中
像一个战士，坚守

2021 年 11 月 9 日

147

不眠的夜晚

灯光点亮每一个人的夜晚
不眠的夜晚
星星在为每一个人
祈福

风寒冷
我相信星星就在寒冷的风中
它们在用淡淡的光辉
问候人类和万物

2021 年 11 月 12 日

银杏树

鸟叫一声，银杏树叶就落下一片
这个秋天
它像我
吟一句诗，白发就掉一根

我和银杏树都在凋零
诗和鸟叫充满活力
这是我们的悖论
我们亲密相处

有一天，我走在铺满落叶的路上
就像走进一片金灿灿的夕照
我感到温暖
我也感到夕阳在一点一点坠落
我，和银杏，和夕阳
都活在诗和鸟叫声中

2021 年 11 月 21 日

旷　野

每一片落叶都在讲述花朵

旷野上

风摇动每一株草

和草的故事

纵横的阡陌纵横过往

从荒芜到复活到生机勃勃

我于其中弹唱

落日或者朝阳

奔跑的马匹踏响古老的战场

烽火，驿站

每一寸土地下

都埋藏着历史和生长在历史之上的梦想

2022 年 1 月 25 日

立春这一天

天是阴的
它在冬天的情绪里还没有缓过来
窗前光秃秃的枝梢上
有一只鸟飞过来

你放下手中的书
把目光投向那只鸟
风挤进来
你皱了皱眉头

那只鸟叫了一声
你有一根头发从头下落下来
在你瘪下去的胸前
比光秃秃的枝梢还孤独

你恍惚
那只鸟就在你恍惚间飞走了
你看着那只飞走的鸟
仿佛想起了书中的某个情节

2017 年 2 月 3 日

雪后走访

踏雪而访
暖暖的笑容融化寒冷
身后的雪覆盖大地
白色
洗尽往日惆怅

希望在厚厚的雪下长出幼苗
春风一吹
就会绿遍未来的日子
沉甸甸的麦穗
果树下的鸡鸭
一群鸽子在天空盘旋
一湾水塘飘满荷香

"结对户"紧紧握住我的手
他的手热情而有力
让我感受到他追求梦想的力量

2020 年 1 月 25 日

三　月

拐过弯的三月见到了想念已久的阳光
花朵，和遍野的嫩嫩的绿色
有指示路标，和一群鹅
有二月的乍暖还寒
有一些还没有落下的枯叶
厚重的心思
让一棵树承受不起

我学不会三月的轻佻
学不会一树花又一树花地绽开
在别人的眼里
三月就是绯闻的化身
就是明星曝光的照片
就是骚动的心跳，和
无边无际的相思

我也相思，在三月
我蛰伏在一枚没有吐出的幼芽里
等待一阵吹过来的春风，等待
你

2017 年 3 月 25 日

夏　至

身体将在季节炼狱
思想会在远处开出一朵花
面向大海
听海水扑岸
风翻过一页日记
又翻过一页日记
许多日子还是空白
母亲用有些麻木的手不停捶打她
有些麻木的腿，她的腿依然麻木

点一片蚊香
安稳一些老了的梦
蚯蚓忧伤的吟唱
湿透了文字

夏天
我用汗水注释辛苦
故去的父亲托梦说
他不再受糖尿病的折磨
很幸福

2016 年 6 月 20 日

中元节

山头，在烟火中飘浮
每一个墓碑前都在燃烧
思念，跳跃在火焰之上
浓浓的
让每一朵云俯下身来

父亲仿佛回归年轻
他牵着母亲的手
这是他活着时从来没有做过的
他怕母亲胆小
他让母亲在他的世界里找到她自己

思念像围绕他们的云雾
他们踏在云雾之上
赶赴
他们的节日
像当年他们第一次去赶庙会

2020 年 9 月 2 日

秋 月

流浪了千年
还丢不下春江之夜
爱
是一根看不见的线
拴起两颗心
虫鸣
虫再鸣

你的影子在虫鸣中恍惚成树
成荷
荷在水中
晃动前世

月在照
虫在鸣

虫鸣月光
月光虫鸣

2016 年 9 月 1 日

小 雪

1

你来了吗
这雨
是你的消息吗
雨中的寒冷
会不会是你的脚步声
我在风中抖动着
我不知道我会不会在此刻凋零

2

能在你的怀中多好啊
我不再消瘦
不再枯黄
我在你的怀中成为你
成为你绽开的第一朵花

3

没有人会在意我对你的等待
我总要凋零
或许，你来时我已凋零

只是你不知道
我一直在等
知道的
只有风

4

多么熟悉的风
多么无情的风
我渴望你的到来
风却把我带走

5

一棵树
一棵站在路边的树
一棵在车轮滚动和人群走动中站立的树
它在雨中
它在对你的思念中
凋零最后一片叶

6

你来了
没有雪
树孤零零站着
淋着雨

2016 年 11 月 22 日

十一月的阳光

阳光正好，过往的事物被挡在阳光身后
我面对阳光
一段新的生活
在一片将要凋零的枯叶上
弹奏温暖
或者与温暖有关的向往和思考

一切都可以从头再来
一切都可以成为过去

我推开窗
有些寒冷的风伴着阳光扑向我
像树叶在枝头摇动
有些小心
又无法停下脚步

我面对阳光
打开一本诗集
让风吹进来
然后，我在风中
听到流水和鸟鸣的声音

2021 年 11 月 9 日

十一月的三台山（组诗）

衲田

开在五月的花，凋了
开在十月的花，也凋了
你说
花开的日子你没来
衲田无声
像生产后的母亲短暂的宁静

雾森栈道

漫过来
缭绕的云雾从森林深处漫过来
你柔美的曲线
一弯再弯
弯成一首古筝弹奏出的曲调
像一只鸟在唱歌
像一片叶在飞舞
你在曲调里
栈道蜿蜒

粉黛乱子草

醉倒在遇见你的那个瞬间
你太美
亲吻你的阳光
有点慌乱
我俯下身去
像一湾绕在你身边的清白

千年紫薇

那块嵌进你身体的石头
它的前生与你的今世交融起来
花已凋
每一阵风都在枯死上雕刻新芽
你把年轮晾晒在阳光下
用梦想绽开你的新时代

镜　湖

能把过往看清的人
在湖中看清自己
游动的鱼和飞过的鸟留不下痕迹
只留下天空在梳洗打扮
你耸动着肩膀
像一朵不愿离开的云

2020 年 11 月 14 日

最后的枯叶

你在枝头
在阳光中期待，眺望
在风中挣扎，摇摆
你在枝头
包裹着夜的黑暗
包裹着寒冷，孤独
你已经枯萎了
你的同伴早已扑向大地
你还在枝头
期待，眺望
挣扎，摇摆

我读懂你了
我就是你一个轮回中的那份不舍
哪怕是天寒地冻
哪怕是暴雨狂风

太阳升起来
你在温暖中向枝头告别
新芽快要吐出了
你把枝头让出来

2017 年 2 月 25 日

我的春节（组诗）

初一的阳光

初一的阳光温暖着初一
温暖着初一的人和初一的事物
一些想苏醒的草和吐芽的树
一些小鸟和小鸟唱出的歌
还有我们的快乐和忧伤
还有阳光照到的地方和阳光没有照到的地方

解冻的河水流着鱼
让初一像初一一样自由
没有垂钓者
没有鱼鹰
风吹皱河水
风追赶着一群游动的鱼

我在初一很幸福
我坐在阳光下
沉浸在女儿回家的消息中
像初一一样
安静幸福温馨

初二

初二在女儿回家的路上很磨蹭
我看了一眼墙上的钟
我又看了一眼墙上的钟
我真想把钟拆开
这该死的钟怎么会这么慢
我恨不能拨快时针
这样我就可以到车站接女儿了
初二憨憨地看着我
又憨憨地对我笑
这让我在此刻变得比它更憨

鱼烧好了
肉烧好了
鸡汤的香味在屋里乱窜
这诱人的鸡汤
让我有些受不了
我早早逃出屋去
我还是到车站等女儿的好

初二还是不紧不慢
比一些四平八稳的人还四平八稳
这真让我干着急
让我干裂的嘴上都急出疱来

好在
车终于来了

呼啦呼啦地
扬起许多灰尘
我在车轮扬起的灰尘中睁大眼睛看
有许多人下车了
我就在许多人中寻找
一个笑声突然从我身后传来
是我女儿的笑声
我高兴起来
初二也在我高兴的时候变得可爱起来了

初三

初三陪着我走在拥挤的街上
女儿挽着妻子的胳膊
从一个商场逛到另一个商场
商场里人声鼎沸
声音不停地碰撞着声音
声音又在不停的碰撞中碰撞出更多的声音
我在这些声音里有些孤独
但我也在孤独中有些莫名其妙的幸福

幸福会不会在孤独中出现呢
这让我有些迷茫
但我知道孤独有时会比幸福更耐咀嚼
就像儿时抓在手中的一块牛皮糖

在初三
有一种幸福与孤独同在

这让我变得有些哲学
有些意味深长

初四

初四在田野年轻而充满活力
流淌的河水与青青的麦苗让初四生动
一群飞起的小鸟比初四更自由
它们让初四变得有多种可能

跑着跳着笑着的孩子们更接近田野
她们让初四成为一种熟悉的陌生
让我惊喜的还有不期而至的小雨
也让初四更加丰满圆润

在初四踏青初四还没有一片鹅黄
但初四跳动的脉搏让我从中听到了初四的萌动
这种萌动让我像初四一样开始期待
期待里有花开的色彩和花开的声音冲突不停

初五

初五小心读着女儿的睡眠
而女儿睡眠早在初五到来之前就在与美剧纠缠
这让初五有些失落
呆呆地坐在阳台上想着心思
妻子照例阅读她的功课
一些菜肴一些水果分别排列

还有一些没有下锅的鸡鱼肉
被妻子一串一串串在窗前
而后
妻子用水和面粉
用肉和韭菜
一步一步打开饺子的思路
在我的双手与妻子的双手间
让幸福一点一点成为现实

初五不知道自己的天空是不是还飘着女儿的孔明灯
但初五知道女儿的孔明灯是在初四晚上点燃的
初五记得那个时候女儿的心愿在点燃的孔明灯上跳跃
就像天晴后那颗最亮的星星闪烁着一种永恒
此刻，初五有些不知所措地趴在我的耳边耳语
我知道初五的心情就像一地鸡毛不知道如何去梳理

初六

初六在一场雨后清新矍铄
那些变柔的风和那些有了新色的柳枝饱含情绪
这让人想起长亭想起古道想起兰舟
甚至也让人想起西风想起瘦马想起枯藤
这些混乱的思绪在敲响的钟声里弥漫
而时间却在眼前看着看着就到了送别的时辰
女儿的行装早已打好早已在等候
女儿却留恋着犹豫着一遍一遍在自己的小屋里折腾
初六有些欢乐初六也有些伤感
这一去又要从头数着日子工作数着日子计算回家的距离

忙碌的妻子还在忙碌还在打包香肠牛肉

她的不停的唠叨让女儿在初六面前有点乱了分寸

这让初六有些好奇也有些意外

而新闻里微信上传来路上堵车的消息又让女儿坐卧不宁

不要举杯不要叮咛不要一遍一遍重复了

静静地送别默默地注视让车轮在瞭望中起动

初六在女儿背影渐渐消失的过程中也在一点一点流逝

没有阳光的天空不知什么时候传来了一首叫《橄榄树》的歌

2016 年 2 月 15 日

一只猫

一只猫趴在路边的石头上
它的声音比它的目光柔弱
我在它的叫声里
像似丢掉了什么

我蹲下身想去抚摸它
它慌忙躲开我
它的叫声更加柔弱
这让我伤心

我不知道该怎样走近它
直到它跑进路边的竹林
我还蹲在那儿
像路上的另一块石头

2016 年 5 月 23 日

一个男人

秋的天空还弥漫着夏的气息
一个男人，在夏秋之间
在一朵花还没有凋零的颜色上
在绿色的草坪间
读一本书

他不是草坪的常客
草坪对他有些陌生
但草坪熟悉他读书的姿势
熟悉他那身粉刷墙壁时溅上涂料的工作服

这个下午
夕照柔情似水
风细腻
过往的蝴蝶和蝇虫有时停下
又飞去
一只蜘蛛在男人身后的小树上织网
它吐出的银丝悬挂在树上
但终究网不住夕阳
夕阳掉了下去

男人翻了一页书

又翻了一页书
还是找不到夕阳掉下去的痕迹

2016 年 9 月 8 日

热

转动的扇叶
让时间安静
安静中的人是幸福的
有一些事
和命运连在一起
玻璃挡不住热浪
同样挡不住知了的叫声
一朵花
会吐出一只蜜蜂

池塘里
水牛伸出它的头
骚泥的味道
溅满生活每一个细节

父亲回来了
站在酷暑边缘
用芭蕉扇
扇起一段美好的日子

2016 年 7 月 24 日

错 过

读一首诗，错过了一班等待已久的车
我只有继续等待

车流人流，流过我生命中每一次感动
我在失望中尝试着把这些细节串起

一片枯叶在我的等待中落下来
它恰巧落在我的诗中，砸醒了我沉睡许久的
文字

2020 年 10 月 19 日

等你过来醉一场酒

你来，我肯定要醉
有雨的夜晚世界只有雨
生命的路在路之外
交叉，但不重叠
路边的树上
挂满孤独
不为你酝酿美酒
只为你斟满日月
或许有风
或许有雪
不管你留不留下脚印
我会都让门为你敞着
等你来

2016 年 11 月 8 日

一群孩子

那些孩子把一条河的岸边燃爆了
河的对岸静静的
像似春天还没有渡过河去
游在水面的野鸭钻入水中
又从很远的地方钻出来
那些孩子喊叫着
让一河水慌不择路

我无法躲避这闹腾
这些孩子，他们翻出了我有些褪色的童心
让我在他们的闹腾中也像他们一样
疯

2017 年 3 月 31 日

想写一封不知道寄给谁的信

窗外的树梢吐出新芽了
对面的窗打开来
开窗的人伸出头向四周看了看
她的目光正好碰到了我的目光
我们的目光陌生，无语
没有涟漪，没有波澜
然后我们各自将目光收回
我看到吐出新芽的枝头晃了一下

我突然有一种想写一封信的冲动
这个时候野外一定绽开了一些小花
还有那条小河一定也融化了冰雪
它流动的水会不会流向我的故乡路过我的家

我曾居住的房屋已经拆迁
我曾耕种的田地已经不再种植庄稼
我曾经的住址已经尘封历史
我还是想写一封信在信封上把那个地址写下

2016 年 2 月 21 日

聚 会

1

我一直想走到窗前
想看看窗外的月光
月光真的来过
它有些伤心

2

我们品尝着过去品尝不到的菜肴
我们怀想着回不去的过去
这个夜晚
没有谁能将自己滚动的车轮刹住
我们放任一回自己

3

让校园走过去
让操场走过去
让树木也走过去
只留下草坪
小小的草坪

让我们躺在上面
数数过的天上的星星

4

将酒斟满
不要让杯空着
空着的杯
会让我们找不到那种饱满的青春

2017 年 1 月 24 日

一封信

整理抽屉时
我在抽屉最底层看到了一封信
它像一个被遗忘的孩子
身上留有斑斑点点的泪痕
打开它
它的每一个文字都像泥土下的草芽
在黑暗中期待破土而出
我想起了你
我想起了年轻的自己
我知道我已回不到过去
我还在把信打开
读一读当年那段湮没在琐琐碎碎生活里的岁月

2017 年 9 月 21 日

第三辑　土地

179

远隔重洋的爱

1

用你曾经的笑来驱散这长夜中的离愁
用你离去的背影移去心潮的汹涌
还是将通向你的思念打开来
用一万只鸟衔起你丢下的不舍和决绝
你在舞，一个人在舞
比一杯酒更浓烈的舞
我渴望饮尽
我无法饮尽
我想醉倒在你的舞中
而你，却像一只断了线的风筝
向重洋彼岸飘去
飘去

2

这一生无法留住你
这一生无法离开你
飘舞的柳絮
飘舞
和一滴流去的水相似

你对着镜子看到了憔悴
我在镜子的背面成了憔悴本身

3

和我一起成熟的麦子
和我一起等待
那把锈蚀的镰刀还在
走失的是那只握住镰刀的手

我守着收割机收割起来的麦子
像守着一堆无人过问的幸福

4

野花遍地
静候你到来的瞬间绽开出绚烂和美丽

2020 年 6 月 5 日

守 候

我无法将黑夜和白昼切割
无法切割醒着和睡去
灯火在不远处
守候疼痛

疼痛像一只黑色的鸟翻飞在夜空
它扇动着翅膀
让满天的星星不停闪烁

我听到，窗外的银杏树
在风中凋落一地叶子

2017 年 11 月 18 日

养老院

院落安静，像一面没有风的池塘
偶尔惊起的皱纹在荷叶下似有似无
呼啸而来的声音在桥的一头爬上来
又从桥的另一头滑下去
跟在后边的云朵来不及思考
便一头扎进水中，翻检荷香

松散的牙齿，好像被丢在了昨天
早年的调子还是从关不住风的口中溜出来
轻扣记忆中那扇关闭已久的窗户

多么想再次打开早年心中的那幅画卷
晚霞曼妙
一个背影一点一点远去

2017 年 6 月 28 日

木雕者

用一生去雕刻
每一朵花都在绽开

山间的流水
丛林的鸟鸣
你的刀停留在一棵古老的松柏下
看一个人隐入山中

你和每一块木头说话
每一块木头都在与你对话中复活

2017 年 4 月 24 日

这段路

我有多久没走这段路了
河水晃动着两岸
荷花开了
柳树、芦苇
茂盛了奔波的水流
一切都在我离开的时候生长
一切都成了迷人的景致

我被陌生，或者
遗忘
夕阳的光辉静静照在一些往事上
一些事物绚烂
一些事物暗淡
一些事物在亮起来的灯光中
一点一点消逝
星星
在消逝的事物中被一颗一颗点亮

2020 年 7 月 25 日

柳　絮

远方在远方的远方
飞起的瞬间，跌落就是最终归宿
来不及叹息
一阵风扬起命运
一场白色的狂欢，在雨中
戛然而止
柳丝低垂，水面
漾起一圈圈记忆的涟漪

2020 年 4 月 19 日

老　街

味儿在街上流窜
烧烤的，甜点的，小吃的……
声音迭起
吆喝的，问价的，碰撞的……
街道窄起来
那么多声音卡在一起
电瓶车的笛声，自行车的铃声
三轮车的敲手闸声，手推车里的婴儿啼哭声
跟在孩子身后的奶奶不停呵斥着孩子
奶茶妹笑吟吟招呼每一个路过的人
……

夕阳西沉
嘈杂的街道渐渐安静
晚霞中，一只狗走出门
它领着一个盲人，在还没有散尽的味儿里
慢慢走成一个剪影

2016 年 8 月 1 日

第三辑　土地

187

栾　树

静坐窗前，看阳光抚摸万物
过冬的栾树还在高举往年灯笼
在鸟叫声里想心思
风往岁月里吹了又吹
扬起一些尘埃又落下来
栾树下，曾经坐着老人的地方空了
在温暖的阳光中享受宁静

2018 年 9 月 15 日

又一个春天到来了

春天在我中年的发上停留
汗水一样的歌声
让日子迟钝
酸痛的腰
和开在眼睛里的鸟叫声
让一朵云悬挂在枝头
绿色开始醒来
茂盛
比一阵风更迅猛
在我还在回想幼芽时
夏天过去了
秋天过去了
冬天也跟着过去了

我感觉我在春天
咯吱咯吱响的关节也在提醒我我就在春天
又一个春天
让我有了一点站起身凝视远方的勇气

2017 年 2 月 5 日

第三辑 土地

我的西南岗（组诗节选）

我的西南岗

你优美的曲线被你厚厚的惰性紧裹着
没有人知道你的美丽，只有我知道
你那富有弹性的肌肤飘出的体香是多么诱人
你不该就这么躺着呀，我的西南岗
你不该就这样像午后的猫一样长睡不醒
你不该睡着，我已上万次地呼唤你了，我的西南岗
你起身看一看，只要你起身看一看你就会知道
那些沉睡的人都已苏醒

你看，你看那凛冽的寒风
凛冽的寒风中有多少人在奔赴前程
那些人中有你认识的呀，你看
那些曾经衣衫褴褛的人已扔掉褴褛了
他们现在衣冠整洁色彩艳丽
他们在不停奔走，他们在不停奔向更加美好的前程

起来吧，我的西南岗
我再用我的热情一万次地呼唤你

你站起来，你站起来脱掉懒惰脱掉自卑脱掉封闭
你就那样赤裸着，展示出你优美的曲线
你就那样散发着你自然的体香，你生长的野花
你的野性的原始的美，你的渴望的美
你的丰硕的乳房，你的香甜的乳汁
你会让见到你的人惊艳在你的美中的
然后又让那些人在你的美中
艳羡，艳羡，艳羡不已

化石

我走过的土地，那群斑马也走过
它们在我的想象中狂奔，仓促或者惊恐
它们蹄下扬起的尘土弥漫
淹没追逐它们的怪兽，那真是一只怪兽
没有人能说得清它是什么
它在岁月中比岁月更凶更猛

我捕捉蜻蜓的地方，那些猿也待过
或许这个地方就是猿居住的地方
就是一片森林或者一片沙漠
也可能是一片果林，那些野生野长的果子色泽诱人
诱惑着所有的飞禽和动物，诱惑着猿
那些贪婪的猿，那些在野果堆中沉睡的猿
它们在醒来之后的欲望中又一次贪婪
它们在贪婪中沉醉，它们在醉梦中再次贪婪

一只飞走的蜻蜓又飞回来了
在我的童年，蜻蜓慢慢凝结成了一块化石
它的年幼无知的样子让饱餐发酵野果后的醉猿发笑
据说这些化石中，醉猿的头颅才是真正的智者

我的故乡

我的故乡不再有那么厚的雪，我再也
无法体验当年掉进堆满雪的沟里的那种惊恐或者快乐
我的故乡不再是白茫茫一片而是闪烁着一些长青植物
的绿色
我的故乡的河道不再冰封，不再有危险的冰窟窿
我的故乡所有的景致都在改变，和另一个村庄的景致
很接近
但我还是要长途跋涉马不停蹄奔回故乡
故乡的影子故乡的梦故乡的声音故乡的情都在我心中
闹腾
我要回故乡我要回故乡，虽然我知道我的故乡已找不
回我的过去
但我还是要回故乡那里有我的亲人我的伙伴我儿时奔
跑的脚印

回来啦我亲爱的故乡我回来啦
我在群楼间迟疑我在群楼间徘徊我在群楼间猜测
哪里才是我居住过的房屋
我记得我摔倒的地方好像是这栋楼房长起来的地方

我的膝盖流淌出的血迹早已在水泥中消失变成了一根
坚挺的楼柱
我的眼泪我的鼻涕我的躲着别人的偷偷看过的书呢
我看到一阵风吹过后一个伸在窗外的女孩的头又缩了
回去
我的故乡我回来啦，我看到我的父亲还是
坐在那把破旧的藤椅上，他在楼与楼间向我飘近又慢
慢飘向远处

那些热情的泥土

那些热情的泥土拥抱我
拥抱我所有的情绪与艰辛
那些泥土会在弯曲的起伏的小路上
拉着我的手弹奏一些风声和惊起的鸟的叫声

那个时候我的忧伤只能匍匐在长不高的麦子的麦田
而我也只能凭借云雀的歌唱传播我埋藏在心中的心思
有些日子就像播种在泥土里的西瓜和花生
那些黄色的花和那些不是黄色的花都会摇曳在我的希
望里

就用五十年的光阴把自己站成一些树吧
一些不太高大却结满枣子杏子李子柿子桃子的树
还有我喜欢的栀子花也会在不经意的岁月里悄然绽开
为我绽开的还有一只蜗牛上演的坚韧与不屈

一些与泥土有关与泥土无关的事都会挤进我的书房
我的书房里时时都飘荡着从泥土里长出来的事物

2016 年 1 月 18 日

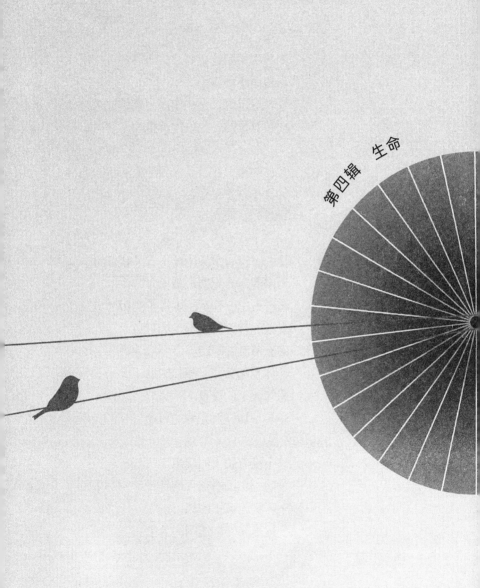

第四辑 生命

背

海风吹不到这里
铁轨通不到这里
抓住这里的，是一座座山上伸过来的小路
托起这里的，是一片黄色的泥土

黄色的土，在日子里凝结成砖坯的土
让日子方方正正
让时光八面来风
让一个八岁的女孩背起一个不到一岁的弟弟
让一张没有沧桑的脸上有了秋后的空洞
无奈的目光无奈成黄土
黄土长出一棵又一棵矮小的树
女孩的背上露出弟弟的眼睛
多么清澈的眼睛
让你想起葡萄，想起水晶
想起天上的星星
想起一切纯真无邪的事物

一个没有长大的忧患
背起一个没有长大的纯真
一阵吹起黄土的风
一片水晶一样透明的天空

2016 年 9 月 11 日

女 孩

她把自己饱满成石榴
让一个早晨的阳光照耀她
她也照耀
她遮不住的青春四溢
一个季节
一个她将要成熟的季节
团圆的季节
她会有一粒粒泪珠从眼眶内滚出
她想再次悬挂在枝头上
她成长在枝头多么幸福
她想念母亲

2016 年 8 月 31 日

玉米地里的女人

玉米长高了
比女人更高
女人直起身
长长吁出一口气

汗水从额上滚下时
也在身上爬行
蛇一样地游走
挠痒了她沉睡已久的心

擦去汗水
泥土在她脸上画出一片彩虹
一阵风吹过
她的头发在风中飘起

玉米快要成熟了
男人还杳无音讯

2016 年 10 月 20 日

薅草的女人们

薅去杂乱的多余的
她们让自己蓬勃在草丛
蓬勃成一株草
一片叶
蓬勃成她们自己
和她们散发出纯粹的希望
她们把草丛当作草原
她们在草原奔驰
她们是自己的马
她们是没有人驾驭自己驾驭自己的马
她们在马蹄下绽放
她们绽放成一朵花
她们寂寞
她们等待
她们让自己绚烂在每一株草上

她们是一只只飞舞的蝴蝶
她们和阳光在一起
温暖着这个世界

2016 年 9 月 30 日

理发匠

他和老去的时光在一起
在一棵树下
他和一只炉子、两条凳子在一起
找他理发的人大多和他一样老了
在树下
他用推子推去他们头上杂乱的头发
二十世纪的发型就在他的推子下推出来了
而后，他开始给他们刮脸
他的手多么灵巧
在树下
他的手比鸟的叫声更让他们愉悦
他会让他们想起青春，想起往事
在树下
他会举起一面镜子让他们看着自己返回青春
后来，那个理发的人走了
在树下，那只炉子和那两条凳子也走了
现在的树下空空的
空到无

2016 年 10 月 16 日

坐在树下

坐着坐着，天凉下来
一片枯叶落下来
时间的画板上正下着雨
那片枯叶
孤苦伶仃地在雨中蜷缩起身子

过往的日子纷纷扰扰
不让她有半刻消停
坐在树下的人站起身来
她满头白发
她用瘪下去的嘴咂巴咂巴打在地上的雨
她想起了晾晒在窗外的她出嫁时的那条红色
头巾

2018 年 9 月 14 日

坐在树下的老人

坐在树下数人
不知数了多久
不知数了多少
不知还会有多少人从她眼前的路上走过
不知自己还能不能坐在树下接着数

她比所有的人都老了
她比所有的人都困惑
她看到一个孩子走过去了
她看到一个年轻人走回来
她看到年轻人抱着孩子从她面前走过了
她看到刚刚长出没多久的叶子又开始凋零

她真的老了
楼前的那棵树也老了
她抬头看看树冠
树冠黑黑的云一样罩在她头上
她仿佛看到那个栽树的人走到她身边
他满脸胡须
伸出手摸了摸她扎着羊角辫子的头
后来树叶落尽了
下了一场雪

一群孩子在她坐过的地方堆了一个雪人
雪人的眼睛是两只纽扣
一只是黑色的，一只是灰色的
像一只黑色的猫和一只灰色的老鼠在追逐

2016 年 8 月 30 日

洗衣老妇人

她用手搓洗日子

用水漂白尊严

路边

她的孙子捧起盆中皂水

吹出

色彩斑斓的梦幻

洗去的艰辛

浑浊在清清的水中

沉淀一些往事

儿子的脚步在思念中模糊

她停下手

抬头看一眼在灰头灰脑中快乐的孙子

想起她偷摘桃子的事

那片桃树真美啊

她摘了别人的桃子

别人摘了她的心

2016 年 6 月 26 日

环卫工

用扫把叫醒黎明的人
用责任叫醒自己
而后，用愿望
让这个世界整洁，清新

奔走的人眼里只有路
她
会在某个角度
喝她带来的杯里的水或者
吃她有些凉了的饼

而她的眼睛却盯在路面
每一个随手丢下的垃圾
都会挑动她的神经
都是她的痛

还有的时候
她的身边会有一个孩子
小小的孩子
会用小小的手
不停捡起
拿得动的垃圾

我的鼻子有些酸

这座城市

需要对她说声：对不起

2016 年 5 月 13 日

渔村·海滩

海　滩

虚幻跳跃在每一朵浪花上
每一次风吹过来
经年的咸味就捧起千万种贝壳
海螺，想象
和想象飘过来的声音
老旧的船躺在沙滩上想心思
经典的礁石树立在离船不远的地方
一群头戴斗篷脸蒙纱罩的女人
她们身披多彩的云
她们的笑声笑成海上的飞鸟
一瞬一瞬的
让每一朵云此起彼伏

一只蝴蝶飞过来
它停留在一只贝壳上
在波涛声中
倾听田野上悄然绽开的花朵

渔　村

我们的脚步声在陌生中惊喜
相遇，我们种植微笑
在离海不远的地方
在阳光刚刚走过来的时刻
一阵风吹过来
一群鸟飞过来
它们的影子在空荡荡的街道上
雕琢水晶
海鲜
一排排整齐的房屋摇晃着刚刚醒来的梦
有人扛着船棹下海
有人升起炊烟
有人想象自己坐在不远处的森林上
和跳出海面的太阳对视

2016 年 7 月 6 日

老 妪

山背在背上
蹒跚的脚步蹒跚在岁月
串起一声声叹息
靠近垃圾筒
她把低下的头低得更低
用手中的钳子
翻

腐败的气息
一阵一阵扑向她
她全神贯注
翻

或许她可以找到她需要的废品
或许她只能空自承受腐败的气息
俯下身的老妪
俯下了她的矜持和虚荣
她寻找
别人丢下的她需要的垃圾

我肃然起敬
在她用她有些颤抖的手

把掉在地上的垃圾捡起的时候
在她把腰挺得直些
用拿钳子的手背擦去额上汗水的时候
我在她放下擦汗的手放下时看到了她的脸
她的年龄有我母亲那样大了
在她脸上深深的皱纹里
埋藏着堆积起来的柴米油盐

2016 年 5 月 28 日

收废品的吆喝声

雨时有时无，天色阴暗
窗外的栾树晃了一下
像墨守成规的人开始骚动不安

收废品的吆喝声传过来
像一件陈年旧事
在我的书房转了一圈，又转了一圈

书稿在桌上抖动了一下
它们恐慌
文字面目全非

吆喝声还在吆喝
栾树在吆喝声里举起枯黄的灯笼
我掸了掸书稿上的尘土
把吆喝声从慌乱的文字中捡起来

2017 年 3 月 19 日

有一个消息可能要到来

那瓶水仙在第四个星期张开嘴
像一只小鸭子一天一天长大，一点一点长大
我知道她可能会在某个时候长得更高
还会开出一朵美丽的花

那个时候会是在一个什么样的时候呢
我在等待那个消息
那个消息走过一个星期，又走过一个星期
要到来的消息还没有到来真是一件折磨人
的事

2016 年 1 月 22 日

半个窗口

假如命运把半个窗口关上
我依然会用另外半个窗口看风景

窗外的世界
有你召唤的世界
命运
也不能让我放弃

你会在窑河的流水中流向我的梦乡
你会在幽幽的星光中划一叶小舟来临
你会在我敞开的半个窗口里镶嵌一弯月儿
弯弯的，像我的思念弯曲在岁月里

2021 年 10 月 16 日

路　上

女孩在我左侧
用她活力四射的青春绽放出美丽
我的右侧是一位老人
他满头白发昏昏欲睡
像早年的一个故事

车向前方奔驰
忽略了许多丢在身后的景致

我不知道最美的风景会在何方
寻找是我生命永久的动力
或许
女孩会在下一站下车
或许，另一个陌生人会坐在女孩坐过的位置上

2020 年 9 月 3 日

叶

悄无声息地落下
悄无声息
像从未来过
像从未凋零
叶的一生
短暂而漫长
寂寞而热烈
风中的舞蹈
雨中的纯净
还有一场没有相约的雪
在它落下的瞬间翩然而至
它把所有的心思都掩埋在雪中
它在雪的白色里
像婴儿一样安宁

2020 年 1 月 17 日

灵　感

我一直在追赶它
我不知道它是什么
只感觉到它的存在
它忽而在我的前方
忽而又在我的身后
有时，我明明已抓住了它
可当我把攥紧的手抬到眼前
我的手依然空空
我茫然
我在茫然中也会看到一些事物
比如流水和花开
比如流云和花落
但我的手还是空着
就像我此刻的思想
我知道我需要智慧来清洗
也知道那个一闪而逝的精灵
不会攥在我手中却会带我走进崭新的世界

2016 年 7 月 6 日

雪

雪停下了
大地
是一首激动人心的歌

我们原谅自己
丢下孤独或者仇视
让雪洗净

走在雪上的人
走在消失的村庄之上
她红色的纱巾
和一群灰色的鸟一起在雪上飞翔

2016 年 11 月 24 日

撞到一粒尘土

茂密的草疯长心思
其中
飞出一只鸟
躲藏在草丛中的鸟
和寂寞打了个平手的鸟
最终，它忍耐不住
飞向了另外一个地方

现在，草丛躁动不安
长出的心思越来越大，越来越密
花开出来了
蜜蜂没有来
蝴蝶也没有来
匆匆赶来的，是风中扬起的沙尘
我和它们相遇
不小心撞到了其中一粒
它很轻，轻得近乎无
却撞痛了我的心

我看不到尘土落到何处
我听到草丛弯下腰时发出的呻吟

2016 年 6 月 30 日

夏日午后

生活在午后停顿了一下
阳光静止在窗外枝头
拉伤的左膝隐隐疼痛
镜子中的我对着头发花白的我发呆
抽穗的麦子在故乡的麦田里寂寞
漫无边际的思想溜达进秋天
早年的童话从电扇扇叶上滑落
像海水在海滩上画画
瞬间的美丽又在瞬间消失
村头那棵皂角老树还是倔强地吐出新叶
我想把窗口开得大些
站起身时一不小心碰到了左腿
疼痛让我想起拉伤的左膝

2016 年 6 月 18 日

一只小鸟飞过窗前

一只小鸟飞过窗前
这个下午
这是发生在我身上唯一的故事

阴雨不断
日子愈加空虚
你不来
每一分钟都是炼狱

我看着那只飞过窗前的小鸟
它在雨中的飞翔让我感动
我仿佛听到婴儿啼哭的声音
梦想就在那个声音里复苏

2019 年 12 月 24 日

秋 晨

刚刚走过夏天的阳光照过来
它还有些不情愿降下它的温度
窗外安静，像一杯热水还没有凉下来
秋虫叫起来
摩托车声滚过来
又滚向远处

我打开窗
看见一个披散着头发的女人正在晾晒衣服
她睡眼惺忪
看样子还没有来得及照镜子

厨房里电磁炉上的水壶响了
我来不及拉上纱窗跑过去
我的没有暂停键的新的一天
就这样在鸣响的水壶声中开始

2017 年 8 月 17 日

第四辑　生命

把一只玻璃鹅安放好

把一只玻璃鹅安放好
把心情安放好
窗外的阳光热烈起来
树很冷静
绿着自己的心思

你手指的温度从玻璃鹅身上走出来
你的体香
你的笑
你的柔柔的嘴唇
你的目光

清纯而又透明的玻璃鹅啊
你是一块玻璃吗
阳光多么热烈
树多么绿
风也绿了
它吹进窗来
走过你
把尘埃留给你
把你丢在你走不到的地方

你也走不出来
你很久没见到过水了
很久很久了
我不知道我该不该把泪水流给你
给你流成一条河
让你找到回家的路

2017 年 5 月 28 日

第四辑　生命

你的一句话

睡吧，风静了
月轻了，虫儿不再叫了
只是你的话像蜘蛛抽出的丝
一根一根缠着我
把我吊在这风里
吊在这月里
我被悬挂着
像一脚踏空悬崖的梦
我被惊醒
我大口喘气
我的心跳像奔跑的小鹿
在高高的山上
在悬崖边
跑在你的话里

2017 年 5 月 13 日

商场门前有两只麻雀

一只在地上看着人走动的脚
另一只在路边的花枝上
开一树叽叽喳喳的叫
然后，它们飞到广场上
啄夕阳最后的光辉
啄女孩的香水
啄我的心跳

灯光亮起来了
一只麻雀从广场上飞起来
它叫了一声
另一只麻雀也飞起来
它们飞到一起
飞进夜幕
在遍地灯火中
寻找自己的巢

2017 年 5 月 4 日

叔叔，请问书店怎么走

我总会在一座城市迷失
迷失在人海
喧嚣
在琳琅满目的物品
在食物的香味中

我在这样美好的世界里迷失，而
孤独
我会在孤独中衰老
衰老，我的思想
我的意志
和爱

叔叔，请问书店怎么走
一个孩子问我
我愣住了

在一声书店怎么走的问讯中，我
愣住了
书店怎么走
一个孩子的声音，在华丽的
物欲横流的

用香料堆积起来的世界里
像一声惊雷
从我的心头滚动

2016 年 12 月 14 日

年老的父亲

岁月在脸上耕出垄沟
种子再次播下
新的渴望
让路变得更加漫长
一树花开、花落

一枚小枣悬挂在田埂的枣树上
在田野吹过来的风中一点一点干皱

2016 年 4 月 22 日

走出地下室的老人

阳光可以晒去他发霉的心思
他挪动着
在阳光照耀着的那片空地上
他嚅动着没有牙齿的嘴
在阳光照耀着的那片空地上
他眯缝着眼看向天空
一只小鸟飞过来
停在他的脚下
它那么小
小到他以为是一片枯叶

2017 年 2 月 16 日

擦拭月亮的人

多么纯净
多么美
那轮月亮，她圣洁的光辉
沐浴我们，沐浴爱她的人
也沐浴不爱她的人

总有一些云翳遮着她
总有一些雾霾罩着她
总有一些灰尘污染她
她的模样让人心疼

热爱月亮的人
会用情感作布
会用信念作梯
会用爱去轻轻擦拭
会让月亮还原她自己的纯净
还原她自己的美
还原她圣洁的光辉
沐浴我们
沐浴擦拭她的人

总有一些车辆的尾气

总有一些烧烤的熏烟
总有一些任性的人
用欲望蹂躏情感
用粗暴践踏爱
用阴谋编织乌云

擦拭月亮的人
心中只有月亮
只顾擦拭月亮
他在乌云中
用擦拭
纯净一颗热爱月亮的心

2016 年 3 月 22 日

画

风一吹，桃花就开了
桃林里
每一条路都被桃花掩映起来

热热闹闹的桃花
叽叽喳喳的桃花
被一支画笔画下来

手拿画笔的人
她犹豫着
要不要把那个远走他乡的人画进来

2018 年 3 月 12 日

雾

突然找不到自己
雾中，所有的事物都模糊不清
我开始忘却年龄
忘却伤痛
雾从我身后一点一点挤过来
又一点一点向我的前方涌去
我在雾中
成了雾的一个部分
一个行走的部分

我推不开雾
也融不了雾

2019 年 12 月 26 日

立　冬

雨把过往的事物清洗一遍
一些枯了的叶子落下
另一些叶子还留在树上
和雨，商略

风把蓄谋已久的寒意吹过来
散布萧瑟
又有一些枯叶
落下

手拿扫把的人
顶着风雨
把萧瑟扫去
扫把过后，又有枯叶落下来

有人想起雪
美好的事物
洁白的，像一个早年的童话

手拿扫把的人
在童话里划出一道彩虹
绚烂的

让寒冬敞敞亮亮的

走过来

2022 年 1 月 26 日

鸟 殇

散落的羽毛在空中飘着
像一首哀伤的歌
弥漫在
这个灰蒙蒙的下午

弹弓者的笑声一阵阵滚过
穿透灰蒙蒙的空气
继续用一种力量
追向鸟

那些鸟
那些惊慌失措的鸟
狂风中落叶一样四散开去
四散开去

那只鸟呢
那只被击中的鸟呢
或许
那只鸟正在伤痛中
挣扎，挣扎不停

多么希望有一双能托起它的手啊

多么希望能给它一种希望
让它在这灰色里
沐浴到一丝丝爱的光亮

可那只鸟会在何处呢
它是否还能飞翔
一阵担忧袭向我
让我战栗

我的心啊
此刻就像鸟的伤口
流淌着一种破碎
流淌着一种渴望

那就让我用关注去修补吧
一点一点
用尽我的初心
哪怕这关注要耗尽我的热情
哪怕这修补要燃烧我的梦

我就这样寻找着
在一个下午
我就这样在寻找中
慢慢疗着心灵的伤口
慢慢寻着人类的善意

不能再伤害鸟类了
我的同胞啊

我们的世界因为有了它们才成为世界

没有了它们

地球还能不能容纳下我们

2015 年 10 月 24 日

独 饮

喝下最后一杯酒
蜡就要燃尽了
你和你的影子摇摆不定
酒香弥漫

你无力捡起过去的日子了
比酒更烈的孤独涌过来

你想起一片海
想起那些被海水送上沙滩留在沙滩上的事物
又全部被海水带回了海里

2016 年 8 月 2 日

扰

走在乡间的小路上
心在春风里就像桃花一样绽放
两只小鸟突然从路边飞起
慌慌张张飞向远方
看着它们的背影我停下了脚步
我不知道是自己惊扰了它们
还是它们要去寻找更加美丽的去处
路边的枝梢在不停地摇动
好像在窃笑我这个不速之客
我一时发蒙站在原地束手无策
不知道自己是不是还要迈出脚步

2014 年 4 月 28 日

一个流浪汉

他用树的表情走在人群中
同样，他像每一个人一样
用双脚走在树林中
他的语言是你能见到的一切事物
花和草，鸟和虫
阳光和月亮
风和雨
他的蓬乱的头发让人想起荒野
他的眼神
他的眼神里有时会藏着些怯懦
似乎还有些温馨
有人看见
那个时候，他和一群孩子在一起

2016 年 9 月 2 日

上海人

坐在外滩某个餐厅
我们像上海人一样欣赏风景
静静等待
食物

未来的生活
我希望像对面那对上海老人
老太正拿着餐纸擦去老头嘴上的油渍
唠叨声让我感动

我想把这一幕雕进时光
等我老了
也会有人为我擦去嘴上的油渍

你看那对老人的目光开始柔和
在上海
你的目光已成了上海另一道风景

2016 年 8 月 1 日

戏

镜子里那个人会是她吗

她应该是在宋代
她挥舞着长长的水袖
她是秦香莲

演了一辈子秦香莲
她真的就活成了秦香莲

镜子里那个人，像个看客
冷冷地看着她的长长的水袖垂在地上

2017 年 4 月 24 日

与桃花相遇

脚下的路不知怎么的就拐了一个弯
你不知怎么的就绽开在拐弯处
我不知怎么的就看到了你
你闯进我心中，汹涌如海水将我淹没

你摇摆在风中
像一群丹顶鹤在舞
我在你舞姿中屏住呼吸
听心跳如鼓

我的路还在向前延伸
不知怎么的我就停下了脚步
你看着我像是要告诉我什么
还没开口却把脸羞得粉红

再一次遇到你，你已结出了果实
不知道怎么的我就想起了你开花时的样子
我的心依然狂跳
你安详得像个幸福的母亲

2017 年 3 月 21 日

相　遇

1

等待已久的相遇
会是梦想中的场景吗
你就像一阵风
一粒沙
一滴雨的流浪
让我飘在肩上的发乱了
让我发霉的心思重了
让我像一滴泪
湿了思念
湿了前世的姻缘
你来迟了
在我等待那么久之后
你来
我只能是你的一阵风
一粒沙
一滴流浪的雨

2

错过是我的命运

我一直都在错过
天空的云永远不会是天空一个固定的部分
你注定要与我擦肩而过
你的笑是我生命中最艳丽的花朵
我在你的笑中注定是吹不过去的风
我是你路边不会挪动的树了
只在你疲惫的时候给你一片小小的绿荫

3

从身后传来的不一定是过去的猜想
你的目光
我到达不了的彼岸
我漂泊的灵魂是你海上的孤舟
在你不知道的时候
经历一场又一场风暴
是你吹向我的风暴
是你在你如画的风景中涂满想象
我会是你想象中的一只鸟吗
在你吐芽的枝上
我只想衔来一些枯枝
来筑我爱的巢穴

2017 年 3 月 6 日

一面坡

那个孩子从坡的另一边爬上来
他站在坡上向四周看了看
又在坡上消失
在此之前
一群鸟在坡上
呼啦啦地飞起来

此刻
坡上空空荡荡
阳光照在枯草上
似有似无

2016 年 8 月 21 日

一只白色纸飞机

它落在树梢上，从我这个角度
它被树梢举起来
它像树的一个寓言
定格成一种岁月的造型

它不再飞
梦想像风一样吹过它
它不再飞
它在现实与梦想中纠结

它伴着树叶一片一片凋零
它不知道可不可以遭遇一场雪
洋洋洒洒的雪
像一场陡然到来的告别

它在雪中
怀想起那双放飞它的手
那双手在窗前
弹奏出两只翩翩起舞的蝴蝶

2017 年 10 月 27 日

一片枯叶

突然涌来的情绪在一棵树上悬挂成枯叶
风吹过来
我慌乱
挣扎着从枝头落下

生活还在继续
离去或者苦苦等待
一片枯叶
在喧闹的人世间滚动
无法停下来

2016 年 8 月 14 日

四行诗

1

静下来，柳絮
雪花一样纷纷扬扬
它原本就在
是我那时没有静下来

2

走在河边的人多起来
春天，花开了一茬
又落了一茬
走在河边的人离开了一群又走来了一群

3

一只水鸟，白色的
一朵云，白色的
云飘在水底
鸟飞在云上

4

被砍去枝干的树裸露着伤口
遍地的野花在树下静静绽开
我停在它们面前
一只蝴蝶款款飞过来

5

落叶被扫去
公园干净起来
一只用印有双喜的红色被面包裹起来的包裹
包裹着满满的落叶

6

一个吹萨克斯的人
惊动了河水
河水涌过来拍响岸边
一只船驶了过去

2019 年 4 月 24 日

第四辑　生命

一只站在窗台上的麻雀

它走错了地方，它悠闲
像在自己的家一样
它伸缩着头
从左侧走向右侧
又转过身来，从右走向左
然后，它停下来
啄食
我的窗台上有它的食物吗
我怀疑的目光
像一阵吹过去的风拂过它
它还在啄食
然后，它停下来
抬起头向我看
我看到它黑色的眼
黄的眼圈
它的头不停地点着
似乎在问我
你是谁？

2017 年 6 月 17 日

坐在我身边的女孩

车在前行
车窗外的绿色不停退去
前方的绿色不停涌来
坐在我身边的女孩默不出声
她看着窗外
她拿下眼镜擦了擦眼角
她又把眼镜带上
她看着窗外
绿色还在不停退去
绿色还在不停涌来
女孩转头看到我，羞涩地笑了笑
我看到有一朵花儿在女孩的眼睛里绽开来
那是一朵开在小雨中的花儿
花叶上还滚动着水珠
清新地芬芳地开在窗外的绿色里

2017 年 5 月 5 日

元　旦

我在花白的发上复述
弯曲的起伏的懵懵懂懂的命运
我告别过许多人和事物
我迎来过许多人和事物
现在我看到的，是一棵树
一棵落尽了最后一片叶子的榉树
它在寒冷中，依然举着灯笼
迎接新年

新的一年
有可能就从榉树吐出的新芽开始
就从喜庆的鞭炮声中开始
还有可能就从一个滑踏板的男孩开始
他在我的前方滑行
像一架即将起飞的飞机

2018 年 12 月 31 日

雪　思

雪中
新建的楼房晶莹成雪雕
早年的日子跌宕起伏
村落，犬吠
身背柴火的人在雪中留下蹒跚的脚印
当年的枣树有些苍老
它弯下枝梢的样子像我做过长工的爷爷
我有些恍惚
仿佛是一场雪让一个村庄变成了一个童话

2022 年 2 月 8 日

我从远方走向你

你会在某个时候突然想起我
在一间屋里，或者
在一片田野中
光线还好
温度也还好
落光叶子的树还像以前一样站着
孤孤的枝向天空伸着
像我告别的手
挥在你的记忆中
一群兀自飞来的鸟让天空活泼起来
让树伤感起来
让你抬起看田野的眼看向天空
你看到那群鸟
在它们的叫声中融进天空
我就会从那些消失的声音中走出来

2017 年 1 月 3 日